严准进超市买了一包纸巾,抽出一张:"过来。"
裴然想说他自己来,顿了顿,还是乖乖把脑袋凑了过去。
裴然的头发很软,严准擦拭的动作原本还有些僵硬,到后面就不知不觉变轻了。
严准松开他柔软的黑发。
"好了。"

CONTENTS

第一章
这些都给你，别生气
`001`

第二章
我只接一个人的单
`049`

第三章
非与衣
`099`

第四章
画很好看，谢谢裴老师
`143`

第五章
我等你很久了
`195`

番外一

他没记得我

235

番外二

浪漫的雪夜

243

番外三

冰镇酸梅汁

253

"知道送那些东西的人是你,我很开心。"

这些都给你，别生气
The long wait

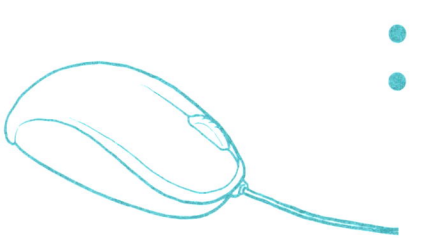

01

裴然第一次察觉罗青山不对劲,是他们在打《绝地求生》的时候。

他们高中时就是好朋友,后来考上了同一所大学,但不同系。

今天是周末,他回了一趟家,晚饭后,他上线想跟罗青山聊个视频电话,结果还没聊两句就被拽来打游戏。

跟他们一块儿打游戏的是罗青山的同学,叫什么,裴然不记得,只知道那男生个子不高,肤白似雪,经常跟罗青山去图书馆。

裴然玩 MOBA[①]游戏还算高手,这种射击类游戏却玩得不好,以前罗青山也经常带他玩吃鸡[②],为了照顾他,都跳人少的野区[③]。

这局一开始,三号队友就在机场标了个点。

"跳机场好不好?想打一把刺激的。"是罗青山同学的声音,很软,还带了点鼻音,听起来有点可怜。

罗青山说:"好。"

---

① 英文全称为 Multiplayer Online Battle Arena,即多人在线战术竞技电子游戏。这类电子游戏的玩家通常分为两队,两队在分散的游戏地图上相互竞争,每个玩家控制一个角色。
② 因在战术竞技型射击类沙盒游戏《绝地求生》(*PUBG*)中获胜时,游戏界面会出现"大吉大利,今晚吃鸡"字样,所以玩此类电子游戏统称"吃鸡"。
③ 电子游戏术语,在《绝地求生》中,多指物资较少,玩家也很少出没的地方。

裴然沉默不语。他们这局是四排[1]，还有一个人他不认识，可能是罗青山的其他朋友。这人跟他一样，从进游戏开始就一直没说话。

罗青山跟他同学清完一栋楼的人后，仿佛才想起队伍里还有其他人。

罗青山："裴然，你躲好。"

裴然拿着一把手枪，已经在某个房间角落"戳"了许久："嗯。"

罗青山："苏念，来，这房间有人。"

"来了哥。"

"我先冲，你跟上啊。"

"好，你别死了。"

原来这人叫苏念。

裴然听着枪声，忽然觉得有点无聊，晃了晃鼠标，以当前视角正好能看见对面楼里的四号队友。

只见他单枪匹马在那头厮杀，一个人干净漂亮地灭了一个满编队，血量低至红色，最后镇定地站在窗口打药。

从这个角度看过去，他们两人像是在对视。

"死完了，"罗青山说，"裴然，你可以出来了。"

裴然回过神，没开麦，捏着小手枪从窗户跳了下去。

裴然到的时候苏念正在舔盒子[2]，于是他站着没动——他玩得不好，不会跟队友抢资源。

"哥……"苏念问，"你把 M416[3] 舔走了啊？"

罗青山笑了一声："这都被你发现了？"

---

[1] 电子游戏术语，即四人组队模式。"单排"即单人模式，"双排"即双人组队模式。
[2] 电子游戏术语，游戏角色死亡后，会在死亡地点掉落一个盒子，其他玩家可从敌人掉落的盒子中拿到他捡到的装备。
[3] 一款突击步枪，后坐力小，伤害适中，适合近距离和中距离射击。此处是指电子游戏里角色使用的枪。

"给我呗，我今天手感不好，不想用 AKM[①]。"

"行啊，"罗青山说，"你晚点帮我带一份饭来寝室，这枪给你。"

"又这样……"话是抱怨的，苏念的语气里却带着笑，"好吧，带就带。"

裴然很轻地皱了一下眉，打开盒子一看，里面连把枪都没剩下。

他突然就有些烦躁，转身去别的地方搜东西了。没承想才搜不到两个房间，他就被对面楼里埋伏着的敌人打了一梭子，人物骤然倒地。

对方毫不留情地在他身上又补了两枪，他顿时只剩下半管红血，连忙往旁边的死角挪了挪。

与此同时，语音里传来一声尖叫："啊——哥，这楼里有人！"

紧跟着，系统弹出苏念被击倒的提示。

"哎呀，这人阴我，他在箱子后面不敢来'补[②]'我，哥你快来！"苏念气得声音都大了些。

而裴然已经放弃挣扎，敌人离他太近，估计他很快就会被补射死。

正好，他现在也没什么心情玩游戏。

然而一声枪响，界面右上角突然弹出一行提示——

"111GOD 以 Kar98k[③]爆头击倒了 zhiyefudi。"

正在朝他跑来的敌人被高塔上的四号一枪崩死了。

裴然愣了愣，忍不住打开地图看了一眼，四号离他非常远，这个距离能用狙击枪爆头一个正在跑动的敌人，能看出这个四号……非"神"即"挂"。

不过这人是"挂"是"神"并不重要。

---

① 一款突击步枪，威力大，后坐力大。此处是指电子游戏里角色使用的枪。
② 指电子游戏里的补射、补刀。
③ 一款狙击步枪，杀伤力大。此处是指电子游戏里角色使用的枪。

裴然目光下移，看向罗青山的图标。罗青山所处的位置很微妙，正好在他和苏念中间。

罗青山只犹豫了半秒："裴然，你等等啊，我先去苏念那儿，怕他被人'补'了。"

"111GOD 以 Kar98k 爆头击倒了 luwenz6。"

罗青山话音刚落，苏念那边的人也被四号爆了头。

裴然再次看地图，罗青山没有停下脚步，头也没回地跑到了苏念身边。

苏念只是被击倒，敌人没来得及补上伤害就被四号击杀了，罗青山扶他的时候还剩大半管血。

反观裴然，血条快要衰落到底，跟他的情绪一样。

罗青山扶起苏念，看了一眼裴然的血条。

眼看就快来不及，他冲向围栏外的车子，坐上去开了一下，忍不住骂了一句。

车子两个轮胎都被人爆掉了，根本跑不动。

"你等我，我马上来。"罗青山下了车，收起枪奔向裴然所在的楼房。

裴然："算了……"

他话还没说完，耳机里传来一道由远及近的摩托车引擎声。

裴然一怔，挪了一下视角，刚好看见四号从还未停稳的摩托车上跳了下来，骤然掉了半管血。

四号翻窗而入，立刻在他身前蹲下，在他血条殆尽的最后一秒，把他扶住了。

裴然眨了一下眼，不知道是不是因为"死里逃生"，他觉得自己心跳有那么一两秒的加速。

游戏角色站起来后他还有些蒙，四号往地上丢了个东西，然后转身跑出房间。

005

裴然捡起地上的医疗包："……谢谢。"

四号脚步一顿，忽然又返回。

裴然还以为他反悔了，赶紧取消打药，却听见"噔"的一声，地上忽然多出一把M416。

裴然看了一眼他背上仅剩的那把Kar98k，忙道："不用，我不是很会玩。"

四号一言不发地翻窗离开。

裴然觉得这个队友有些怪，最后只能捡起这把枪："谢谢。"

过了好几秒，就在裴然以为对方没麦克风时，四号图标旁的小喇叭忽然闪烁。

"不谢。"

语速匆忙，调子很沉。

裴然挑挑眉，莫名觉得这声音有些耳熟。

"牛啊小准。"罗青山松了口气，"记下了记下了，下次我和裴然请你吃饭。"

裴然想起来了，小准——严准，是罗青山的舍友。

他们学校分成两个校区，裴然和罗青山一左一右，因为距离远，裴然很少去罗青山的宿舍，严格来说，他只见过严准两次。一次严准正在玩电脑，他只记得对方肩膀很宽，握着鼠标的手臂看上去也很有力。

另一次是在宿舍楼层的阳台，严准倚在墙边抽烟，余光扫到他时先是一顿，紧接着匆忙背过身，低头把烟掐灭了。

严准给裴然的印象就是，有些冷淡，不爱说话，还很帅。

当然，这些印象除最后一点之外并不能说明什么，比如苏念，裴然之前也以为苏念孤僻不爱说话，现在才知道，或许别人只是不爱跟自己说话。

"裴然，你怎么就一把枪？"罗青山跑到他面前，连忙把自己的枪丢到地上,"来,捡我的AKM。"

想起这枪的来处,裴然道:"不用了,我用严准的M416。"

"砰。"

严准的摩托车刚开出几十米,操控者一个失误,车头不偏不倚地撞到了树上。

02

"严准,你血怎么掉了一半?"罗青山看着左下角问。

严准:"撞树。"

罗青山笑了一声:"你这种高手也会撞树……不过裴然,你怎么知道小准名字的?"

裴然给M416装上子弹:"听你喊过。"

罗青山打开道具栏:"行吧,AKM比较抖,你可能也用不惯。来,你把地上的枪托捡了,装在枪上。"

"不用了。"裴然学着严准刚才的姿势翻窗跳出房子,"严准给我的枪是满配。"

严准把游戏里的车子停在某棵树下,拿起旁边的矿泉水拧开盖子喝了一口。

毒圈①刷得很不友好,罗青山打开地图看了一眼,他们得横跨大半张地图才能进安全区。

最气人的是,不只他刚刚坐的那辆,路上其他车子也都被人爆了胎。

"到底谁这么缺德,把车胎都爆了!"罗青山边跑毒边骂,"机场

---

① 电子游戏术语,即淘汰圈。游戏角色若在规定时间内未离开毒圈,将会掉生命值直至死亡。玩家一般将逃离毒圈称为"跑毒"。

的队伍不都被我们灭了吗？难道有独狼①跑了？"

"你平时跑毒的时候，不也总把路边的车胎打爆？"苏念说。

罗青山笑了一声，这才发现二号图标还停留在机场里："裴然，你干吗呢？还不跑毒？"

半天没得到回应，罗青山看了一眼他的血量："苏念你先进去，他可能掉线了，我回去扶他，路上有车子你再开来接我们……"

裴然挂了电话："不用回来了，你先跑吧。"

罗青山问："你有药吗？"

"有。"裴然打上一个急救包。

罗青山这才放心，看了一眼地图："严准，你在路上没看到四轮车啊？"

"没。"

"那你好歹也接一个走啊，一个人跑进圈叫什么事。"

"来了。"严准的摩托车掉了个头。

离严准最近的是苏念，摩托车开过来时苏念特地停下了脚步准备上车，却见摩托车丝毫未减速，直直从他旁边开了过去。

裴然看着严准的摩托车从山头飞出，刹车时还漂亮地甩了个车尾巴。

"上来。"

裴然忙坐上去："谢谢。"

这是他跟严准说的第三句"谢谢"。

严准的摩托车开得又快又稳，裴然闲着无聊切到了第一视角，看上去还挺刺激的。

裴然跟着严准安全抵达安全区，还没找到落脚点，罗青山那边就

---

① 电子游戏术语，一般指没有队友或脱离队友独自行动，且实力很强的玩家。

出了点状况。

他和苏念眼见就要跑进圈,结果被在圈边埋伏的队伍几枪带走了,队里存活下来的就只有裴然和严准。

"我就知道……"罗青山烦躁地捋了一把头发,"早知道不从那儿进圈了……你俩躲着吧,苟[①]一会儿,我抽根烟。"

苏念说:"别抽了,一会儿我过去又是一屋子烟味。"

"我去阳台抽。"

"那也臭。"

"你还挺金贵。几点过来啊?我饿得要死。"

"八点半吧。对了哥,你看微信,我刚看到个很好笑的视频,分享给你了。"

裴然把游戏角色放在房子里趴着,切出去把电脑音量调小。

再切回来时,他被人一枪爆了头,人物猛地倒地。

"等我。"严准开了麦。

说来也奇怪,罗青山和苏念仍在语音里聊天,严准的声音几乎是被他俩压着的,可裴然听得一清二楚。

裴然虽然玩得不好,但也不是萌新[②],很快看到了狙击他的敌人:"别过来了,他们最少两个人,在瞄着我。"

"在角落躲好。"严准又说,"等我。"

可惜裴然所在的角度不好,人物倒地后的移动速度又特别慢,他想躲,敌人却没给他机会,几枪连狙直接把他打死了。

裴然点击"观战"。

严准晚了一步,此时正站在他的盒子前。

---

① 网络用语,多使用于电子游戏中。源于"苟且偷生"一词,指将就着活。
② 指初涉某领域,缺少经验的新人。

"这位置对面的人能打到，"裴然提醒他，"我盒子里没什么好舔的，连药都没有。"

严准"嗯"了一声，游戏人物却做了一个舔盒子的动作。

裴然往后一倚，他对这游戏不算太熟悉，看不出严准从他身上拿了什么配件或枪。

"苏念，我把饭钱转给你了，你收一下……"罗青山话还没说完，忽然短促地笑了一声，"哎不是，严准，你舔衣服干吗？贵的衣服穿腻了想试试原始服装的滋味？"

裴然挑了一下眉，果然看到严准的角色身上的衣服变成了原始的白T恤。

严准换了个位置，言简意赅："点错了。"

裴然心情不好，原本打算关游戏的，可他看着严准的视角半天都没按下退出键，干脆继续往后看。

他以为严准会跑，毕竟队伍只剩下严准一个人。但严准没有，他换了一栋房子，开始跟对面的人对狙。

直到严准第四次击倒敌人，敌人才终于决定战略性撤退。可敌人刚从楼上跳下来，又被严准换枪一梭子扫射死了。

连裴然这种小白都能看出来，严准是真的很强，要不是对方跟罗青山住在一块儿，他都要怀疑这是个职业选手了。

但强归强，敌方有队友，倒地能一直被扶，想要真正把那几人淘汰，非常难。

"算了小准，你先进圈吧，跟他们耗着不是事啊，这波毒你还吃得起？"罗青山给他支着儿，"你进圈找个好位置，就剩十来个人了。"

罗青山话音刚落，严准便一个右探头，又给了对面一枪子儿。

"不进。"严准说，"就让他们被灭在这儿。"

过了几分钟，右上角唰唰地弹出了三行安全区淘汰提示。

对面那个三人队,就这么被严准活活耗死了。

"厉害,"苏念有些激动,"严准快打药,你还有药吗?"

严准站着没动,也没应他,直到十来秒后被毒死,游戏结束。

裴然有些恍神,他还是第一次以这么刺激的视角观战。

以至于回到游戏大厅,裴然目光仍放在严准的游戏人物上。

"好了,不打了,玩得头有点晕。"罗青山伸了个懒腰,"裴然,走,打视频电话去。"

严准的游戏人物骤然消失——他离开了队伍。

裴然刚关掉游戏,罗青山就打了视频电话过来。

罗青山是痞帅痞帅那一款,他高中时一开始不是个好学生,"坏事儿"干得七七八八。

他跟裴然做朋友后才学乖,为了跟裴然考上同一所学校,没了命地学习。现在没了那点紧张感,他又有点回到过去的意思了。

罗青山站在阳台:"你什么时候回学校?我去接你。"

裴然道:"明天下午的车。"

"下午啊?"罗青山皱了皱眉。

"怎么?"

"没……"罗青山犹豫了半天,"就是原本约了苏念明天下午打球。"

裴然的手机放得位置不端正,他闻言瞥了一眼屏幕。

"你不用来接我,又没有行李。"

"那不行,我一会儿把球赛推了。"

"不用,"裴然说,"你去吧,我明天到了再去找你。"

挂了视频电话,裴然起身去洗了个澡,出来后躺在床上,随手刷了一下朋友圈。

罗青山:当代男大学生贫困现状。

他还配了一张照片,照片上是他自己的晚饭:一盒米饭,两盒荤

011

菜，旁边还有一份青菜。

朋友圈刚发不久，下面全是一个人的留言。

sn：有菜有肉，贫困什么呢？

他配了一个"发怒"的表情。

sn：意思是我是扶贫的？

裴然似有所感，再一刷新，果然又刷出一条朋友圈。

sn：一边嫌弃，一边真香。

他还发了一张罗青山埋头吃饭的照片。

裴然冷眼看了几秒，点进了"sn"的好友界面，把他的备注正正经经地改成了"苏念"。

裴然到校的时候天色已经完全黑了，他站在人影寥寥的球场给罗青山打电话，对方接起来的时候还气喘吁吁的。

"……你到了？"

裴然"嗯"了一声："没看见你。"

"苏念刚刚打球的时候，把脚给崴了，我带他来校医室，现在正上药呢。"罗青山说，"不然你先去我寝室等等？隔壁寝室的在借用我电脑，门开着。"

裴然到宿舍时，宿舍的门就轻轻掩着，没关紧。

因为罗青山事先说过，裴然也就没敲门，径直推门而入。

浴室的塑钢门同一时间被人推开，热气争先恐后地飘了出来，紧跟着走出一个人。

严准只松松垮垮地围了件浴袍在下面，他身形出挑，小腹线条流畅结实，身上还沾着水珠，听见动静，下意识转过头。

两人愣怔地对视了几秒。

裴然立刻垂下眼："抱歉……我看门没关，就直接进来了。"

严准的愣怔转瞬即逝,他点点头,极其自然地走到自己床头,拿起 T 恤直接往身上套。

穿好衣服,严准重新看向他:"站那儿干什么?进来。"

裴然被蒸汽熏得有些热。

此时空气里都是严准的味道,带点古龙水香,是常见的男款沐浴露味。

恍然间,裴然甚至有种错觉,觉得自己这一趟,来找的人不是罗青山,而是严准。

03

罗青山出门没关电脑,裴然坐下时顺势扫了一眼,任务栏里还开着 PUBG[①]。

罗青山一直有这种丢三落四的坏习惯,高中两人在一个寝室时,出门不关灯是常有的事。裴然动动指头点开游戏,想帮他把电脑关了。

他打开游戏界面,才发现在匹配大厅里挂着的不只罗青山一人。

苏念玩的是女性角色,两人穿着游戏里刚出的小丑装,静静地立在游戏中。

"你要不要喝点水?"

裴然下意识松开鼠标,愣了半秒才回过头去。

严准背对着他,正在开游戏加速器:"你的嘴唇很干。"

裴然抿着嘴巴舔了舔,他上车时忘了买水,确实有些口干。

他看了眼罗青山的杯子。虽然他和罗青山是很要好的朋友,但他还是不习惯用其他人用过的水杯:"不用了……"

[①] 电子游戏,指《绝地求生》。

"我这儿有纸杯。"严准说,"一次性的。"

半分钟后,裴然握着纸杯坐到了严准身边。

"坐得有点无聊,能看你打游戏吗?"

严准说:"随你。"

严准打游戏时跟他平时一样,冷着脸一声不吭,几局下来,裴然没见他开过游戏里的麦克风,倒是能看见队友的麦克风一直在闪烁。

看到严准在落地中途击杀地面的玩家,裴然忍不住道:"你真厉害。"

严准一顿,疑惑地看向他,正好拐角墙边来了一个敌人,裴然下意识抓住他衣服提醒:"右边有人!"

严准看回屏幕的时候,自己已经变成了盒子。

裴然敛下眉,松手:"我是不是打扰到你了?"

"没有。"严准摘下耳机,退回匹配大厅,"我听错脚步声,判断错位置了。"

严准直接把耳机拔了,裴然听见了游戏的背景音。

见他重新开了一局游戏,裴然问:"不戴耳机,你听得见脚步声吗?"

"可以,鱼塘局①。"严准说,"戴着听不清你说话。"

裴然愣了一下:"听不清也没关系。"

严准静了两秒:"你刚刚跟我说了什么?"

"也没什么,只是说你很厉害。"裴然说,"之前一起玩的时候也是……你都可以去打职业赛了。"

裴然说得很认真,他陪罗青山看过两场 PUBG 国际赛,觉得很多高手的操作都没有严准漂亮。

严准偏过头看了他一眼,不到两秒,便收回目光扬了一下嘴角。

---

① 电子游戏用语,一般指一局玩家水平都不高的电子游戏。

"不够格，打不了。"严准半真半假地说，"也就只能炸炸鱼塘。"

裴然点头："炸我。"

"你不菜。"严准语气认真，"你只是玩得不多，还不熟练，你玩LOL[①]不就很好？"

裴然有些意外："嗯……你怎么知道？"

严准沉默了一会儿，说："见你和罗青山玩过。"

在清理自闭城的收尾阶段，队里一个小姐姐被击杀，严准跟平时一样，一言不发地把敌人通通清光，转头把身边的队友扶了起来，还顺手丢了一个急救包和止痛药。

"谢谢小哥哥。"女生跟他道谢，"下一局一起吧，我下一局还你三个包。"

裴然等了半天，忍不住戳了戳他衣袖，提醒道："队友好像在跟你说话。"

"知道，但我不想和她们玩。"严准说。

但队友们似乎并不放弃，裴然觉得她们私底下拉了其他语音组，每次开麦都是在对严准说话。

"一起吧，四号一直嗷嗷着要你的微信呢。"对方用调侃的语气说道。

很快，那边就传来一句："你讨厌！别说出去啊……"

裴然："……"

直到"大吉大利，今晚吃鸡"这行字刷出来的时候，裴然都还有些没回过神来。

开门声打断了裴然的思绪。

罗青山推门而入，戴着棒球帽，帽檐有些遮住眼睛，他关上门回

---

① 电子游戏，指《英雄联盟》。

头，对上裴然的目光时，表情出现了一瞬间的愣怔。

不待裴然细看，他就已经收拾好了表情。

罗青山摘下帽子："等烦了？"

裴然起身："没有，我在看严准打游戏。"

罗青山扫了一眼自己的室友，严准重新开了一局游戏，没给他任何眼神。

不过严准就这个性格，罗青山也不介意。

"你身上都是汗。"裴然对罗青山说，"你去洗澡，然后我们去吃饭？"

罗青山轻微地撇了一下嘴："好，我去，你等我。"

罗青山洗澡期间，在充电的手机忽然响了一下。

裴然下意识低头。

"你收到了一条消息。"

罗青山给手机设置了消息不可预览。

裴然前几天离校的时候用罗青山的手机玩过《俄罗斯方块》，记得当时还没有这个设置。

洗完澡，罗青山重新戴上帽子："走。"

裴然关门的时候，忍不住看了一眼正在打游戏的人。

严准已经重新戴上了耳机。

裴然张了张嘴，就在他犹豫的几秒钟里，罗青山说："发什么呆呢？走，一会儿没位子了。"

宿舍门被关上，游戏里奔跑着的游戏人物骤然停下，严准偏过头，深深地看了一眼两人离开的方向。

罗青山很晚才回来。

回来的时候，严准还在打游戏，敌人被他乱枪扫射死，十分残暴。

罗青山正在跟别人聊电话："我刚到寝室……晚饭？吃的是隔壁

新开的那家饭店,不好吃,味道很淡,以后不去了……游戏不是我下的,应该是裴然看我电脑开着,顺手帮我关了。"

挂了电话,罗青山爬上床,把被子盖至头顶。

"我还以为你今晚不回来。"

没想到严准会跟他搭话,罗青山先是一愣,然后扯开被子:"怎么可能,学校在这破郊区,周围的旅馆都很破很脏。"

严准走向阳台上的洗漱台,没再说话。

罗青山现在脑子有点乱,就想跟人聊天,所以待严准关灯上床后,他终于忍不住翻过身。

"严准,今天裴然跟你聊什么了?"

"没聊什么。"

"你没说我坏话吧?"

"什么坏话?"

"啊,就不洗袜子之类的……"罗青山一只手放在后脑勺下面,"啧,男生不都有这毛病?主要裴然有点洁癖。"

"没说。"

罗青山问了很多问题,严准居然都一一答了,虽然回答都很简短。

"那你觉得交朋友是裴然好,还是苏念好啊?"

说完这句话,宿舍一瞬间陷入沉默。

罗青山这才反应过来自己说顺嘴了,忙道:"我就随便说说……"

"裴然。"

"啊?"

严准在黑暗中闭上眼,重复:"裴然。"

严准在罗青山心目中就是个木头般的存在,不善言语,也不爱聊天,更不会在外面嘴碎。

所以罗青山说话时也就少了很多分寸。

"是吧，裴然是我这辈子见过性格最好的男生了。"罗青山喃喃道。

"嗯。"

罗青山沉浸在自己的世界里，没意识到严准应他时，用的是赞同的口吻。

"他也很干净，整个人都很干净……所以当我和他成为朋友时，我很开心。"

尖锐的手机铃声打断了罗青山的话。

罗青山骤然回神，接起："喂，苏念？"

他起初的语气非常冷淡："我刚要睡着，不说了……什么？脚又开始疼了？"

聊了半晌，罗青山掀被起身："我去你寝室看看，你开门。"

罗青山打开寝室门时，听见身后的人凉凉地说了一句："大晚上的，去给同学治脚？"

罗青山笑了："得，别调侃我，我去楼上寝室看看，给我留门。"

罗青山走后，严准从床上起来，去阳台。

黑夜中，雾气给月亮抹了一层白纱，使它看上去更加缥缈、遥远。

04

裴然回到寝室，第一件事就是洗了个澡。

那家餐厅口味清淡，店里的味道却不小，他现在只觉得自己头发丝里都是那盘醋熘土豆的酸味。

洗完澡，他站在床头单手随意擦拭头发，拿着手机再次点开苏念的朋友圈。

他和苏念第一次见面时就加了微信，但从来没聊过天。

他略过第一条好友圈，接着往下看。

"这家店的辣椒简直绝了。"这段文字配了一张照片。

罗青山今天跟他提过,发现一家辣味很够劲儿的店,还说可惜裴然不爱吃辣,不然就带他去尝尝。

"今日运动(1/1)。"

还有一张照片,拍的是篮球场,裴然在照片上看到了罗青山的球衣。

"图书馆一日游。"

…………

苏念这两个月的朋友圈,大部分和罗青山有关。

裴然不知道自己为什么会突然来看苏念的朋友圈,因为他其实不太看得上苏念这个人。

他视线在照片上停留几秒,然后关掉了微信。

过了一周,裴然的日历弹出了一条推送,提醒他明天是罗青山的生日。

接到罗青山电话的时候,他正在店里挑礼物。

罗青山说:"那什么……裴然,我想和你打个商量。"

"什么?"

"我这次生日想去KTV过,行吗?"

裴然说:"你的生日,当然是你做主。"

"关键你得肯来啊。"罗青山说,"你不是最讨厌去那些地方吗……这次是他们怂恿我,还说认识人,有优惠套餐,很便宜。但你要是不愿意来,我就换地方。"

裴然说:"你高兴就好。"

于是事情就定下了。

翌日晚上,裴然看着桌上的口罩,有些犹豫。

裴然确实不喜欢去KTV,吵、乱、脏,所有人的味道搅和在一起，闻得反胃。尤其是烟味。偏偏包厢又只有那么点大……他光是想想都忍不住皱脸。

戴口罩或许会好一点，就是有点闷。

手机响起，是罗青山的电话。罗青山今天回了趟家，然后从家里直接去了KTV，两人也就一直没机会碰面。

"我订好包厢了，你认不认识路，要不我去接你？"

"不用。"裴然拿起口罩，塞进柜子里。大家在酒吧都是敞开了玩，突然来个戴口罩的，恐怕会扫其他人的兴。他说，"我用导航。"

"你怎么也来了？"

严准抬头，坐到他身边的是同专业的同学，叫林康。林康和他上高中时就在一个班，虽然说不上关系亲密，但怎么也算是朋友。

林康脱下薄外套，直接丢在沙发上："罗青山居然能把你喊来。"

"刚好没事。"严准说。

"林康你说啥呢，我和严准可是好哥们儿，他来给我过个生日有什么稀奇的？"罗青山拿着麦克风，听见他们的谈话，直接对着麦克风道，"我俩还一起四排吃鸡呢。"

"注意用词啊，是严准带你吃鸡！"林康立刻反驳。

"胡说。"

两人你一句我一句吵了起来，严准只听了两句，就把注意力放回手机上。

苏念从点歌台里抬头，笑着说："是，我俩就是躺鸡①的。"

罗青山："就你躺，我可没有。"

"得了吧你……"林康问，"你不是说四排吗，你们仨，还有个谁？"

---

① 电子游戏术语，一般指玩《绝地求生》时完全依靠队友的能力获得胜利。

罗青山笑了一声:"还能有谁?我好哥们儿啊。"

林康:"裴然也会玩吃鸡啊?"

罗青山:"没玩几次,就是专程来陪我玩的。"

严准手一顿,一手好牌点了个"不抢地主"。

他直接把游戏关了。

罗青山订的大包厢,没半小时就坐满了人。

桌上摆了不少好酒。

"罗青山可真舍得。"林康坐到严准身边,从兜里掏出一盒烟,递了一根给严准,"来。"

严准道:"不抽,谢了。"

林康微讶:"干吗?戒了?"

"没,"严准淡淡道,"今天不抽。"

林康走到点歌台前,碰了碰罗青山的腿,示意他让位:"不点歌让开啊,我点,哪有占着点歌台跟人划拳的?"

罗青山笑着骂了一句:"对寿星好点不行啊?行行行,你坐。"

林康坐下后问:"裴然人呢?你怎么不去接他啊?"

"一个大男生有什么好接的,"苏念笑着插进话,"裴然哥应该不会迷路吧?"

"马上来了。"罗青山拿出手机,"我说去接他,他不肯,我发消息问问……"

包厢门推开,罗青山看清来人,直接把骰盅丢开,快步走过去。

裴然穿着与平时无异,深色牛仔裤把他一双腿衬得修长。

罗青山:"怎么这么慢,我都打算去接你了。"

裴然抿了抿唇说:"我看离得近,没坐车,走过来的。"

"不至于这么省吧裴然哥,"苏念嘴边挂着笑,"走过来好像要十多分钟呢,你可以叫青山给你报销车费啊。"

苏念还想说什么，裴然忽然瞥了过来。

裴然睫毛浓密，眼形狭长，使他看上去温和又柔软，但这一眼里并没有任何情绪，看得苏念下意识闭了嘴。

待裴然在沙发上落座，苏念才回过神来。

"生日快乐。"裴然没再看坐在他右边的苏念，把礼物递给罗青山，"我看你手机的屏幕坏了，换一台用吧。"

罗青山一顿，然后从他手上接过礼物。

"你们都这么有钱的吗？"旁边的林康看见了，纳闷道，"一个个都送手机？青山你用得过来不？要不哥们儿帮你分担点？"

裴然疑惑地看着罗青山。

"啊，对，我也送的手机。"苏念无所谓地笑，KTV光线不明亮，偶尔一两道光打在他脸上，映出他漆黑的眸子，"型号也一样，哈哈，这不是巧了嘛。"

裴然还没做出反应，罗青山的脸色就轻微变了。

"一会儿还你吧，苏念。"罗青山说，"我用裴然送的就好了，两台手机拿着太重了，我也用不过来。"

苏念拿起桌上的酒瓶，对着嘴咕噜咕噜灌了一大口，然后耸耸肩："随你。"

"裴然，唱什么歌？我让林康帮你点。"罗青山低着头问。

裴然摇头："不唱，你少喝点酒。"

罗青山："放心，我肯定不让你扛我回去。"

两人聊了几句，就被身边的人打断。

"林康，我们换个位子吧。"苏念说，"我要抽烟，怕裴然哥受不了烟味。"

林康说："等会儿，我点歌呢……"

"我跟你换。"

苏念下意识回头,严准不知何时走到他身边,垂着眸与他对视。

直到苏念坐到严准原先的位子,他才猛地想起——严准不也抽烟吗?

罗青山好动,坐不住,没跟裴然说两句就坐到前面抓着摇麦唱歌。

裴然低头玩手机,其实没什么好玩的,手机里下载的单机游戏他都通关了,他只是想避开交流。这包厢里的人虽然他都认识,但大多是通过罗青山才聊两句,并不熟。

直到游戏欢乐豆输完,裴然才慢吞吞抬起头。他有些口干,想找杯水喝,才发现桌上只有酒,没有果汁,更没有白开水。

裴然犹豫片刻,伸手刚想拿倒满酒的酒杯,衣摆就被人拽了一下。

严准坐在他身边,虽然一直没出声,但存在感很强,裴然甚至能闻到他身上的味道,是淡淡的松木冷香,冲散了一些周围的混浊气味。

裴然下意识往后靠了靠,偏过头道:"怎么了?"

严准把手伸进衣服下方的口袋,从里面拿出一瓶矿泉水。

裴然:"……"

"路上买的,忘了喝,没开过。"严准问,"喝不喝?"

只是一瓶水,裴然没客气,伸手想接过:"谢谢。"

严准拧开瓶盖才递给他。

裴然灌了一口水,觉得活过来了。他转头想再道一次谢,却发现严准正一动不动地看着他。

裴然眨了眨眼,下意识伸手擦了一下自己的嘴:"怎么了……有脏东西?"

严准没应,淡淡地撇开眼,转身加入了旁边的划拳酒局。

裴然有些莫名其妙,还没来得及细想,脖子就被人搂了过去。

罗青山唱够了,回到了裴然身边,也跟林康他们组了个四人划拳局。

林康摇着骰子："老规矩啊，一次一杯不养金鱼，寿星没有优待！裴然玩不玩？"

"他不玩，他不喝酒，"罗青山说完才想起来，忙问，"裴然，你渴不渴？我给你点杯果汁吧？"

"不用，我有矿泉水。"裴然不露痕迹地从罗青山的手臂里挣脱出来，这个姿势，他并不舒服。

罗青山是这场聚会的主角，在划拳中就总是被针对，不管他喊的是什么，其他人都要针对他。

"老子就叫了一次你都针对我，林康你没病吧？"罗青山气笑了，边说边把酒喝了。

林康："上次我过生日你怎么对我的？我现在是有仇报仇、有冤报冤……"

裴然靠在沙发上，眼看着罗青山越喝脸越红。

反观另一边，严准几乎没怎么喝过，他两腿散漫地叉开，手肘抵在膝上，握着骰盅的手干净细长，这让他连晃骰子都比别人多出几分气势。

"要不你让裴然帮你玩吧，你这技术太烂了，根本撑不到午夜场。"林康讥笑他。

罗青山笑着骂了他几句，桌上的手机突然亮了起来，提示他收到了新消息。

罗青山拿起手机解锁，看清上面的内容后，嘴边的笑容一僵，不动声色地把手机屏幕往自己脸前挪了几厘米。

几秒后，他放下手机回答林康："没事……没事，继续玩。"

又玩了一轮，罗青山把骰盅倒扣在桌上。

"先等等，我去个厕所。"

林康："干吗？怕了，想尿遁？"

"滚,老子要去放水,顺便叫服务员上点果汁。"他用脚碰了碰林康,"让个位子,我出去。"

罗青山匆匆地离开包厢,林康嗤笑了一声:"看这急得,步子这么大,肯定不是去放水,他屄了!"

林康刚坐回原位,就又被人拍了拍肩。

裴然:"麻烦再让让,我出去打个电话。"

KTV走廊中,裴然垂着脑袋,走路的步子很慢。

那天在翻完苏念的朋友圈后,裴然反省了一遍自己。

首先,他不应该因为罗青山和苏念两人关系好,就去对苏念做任何恶意的揣测。

有玩得来的朋友是非常正常的事,男生之间有几个兄弟很正常,他不可能因为罗青山是自己最好的朋友,就剥夺他交其他朋友的权利。

可罗青山慌忙离开之后,他的第一反应仍是去找苏念,而苏念不知何时也离开了包厢。

当裴然回过神来时,他已经接近厕所门口。

他揉揉太阳穴,忍不住笑了一下自己,最终还是决定回去。可当他一抬起头,嘴边的笑容便顿住了。

就在不远处,他看到了罗青山。

罗青山笔直地站在走廊边缘,双手垂在两侧。

苏念站在他对面,说:"青山哥,我觉得裴然哥好像有点看不起我。"

罗青山一愣,道:"怎么会,裴然不是那样的人。"

"真的,他明显不太喜欢我。而且,你不觉得他看起来很清高吗?也不爱说话,坐在那儿跟所有人都格格不入。"苏念抓着罗青山的衣服,委屈地问,"你能让他先回去吗?"

罗青山:"不太合适吧。"

"也是。"苏念说,"那下次我们出来玩,可以别叫他吗?真挺不自在的。"

罗青山为难地皱了一下眉:"但他是我最好的朋友……"

"这不是还有我吗?而且你看,刚才他也没怎么理你,也就你傻傻地把他当成好朋友。"苏念顿了一下,"其实我觉得跟他那种人当朋友也没什么意思,又闷又无趣,还不爱说话,是吧?"

罗青山迟钝地点头:"是有点。但……"

"你看,连你都这么觉得了。"苏念说,"怎么样,下个周末我们不是要去密室玩?到时就我们两个去,可以吧?带着他肯定会扫兴的。"

罗青山垂着脑袋,醉醺醺地思考了一会儿,犹豫道:"行吧。"

…………

裴然站在原地,还没进一步动作,眼前忽然一片漆黑。

一只大手捂住了裴然的眼睛,松木冷香猖狂地蹿进他的所有感官中。

"别看。"是严准的声音。

05

裴然心脏跳得很快。

"想怎么办?"严准把他拉到墙边——罗青山他们的视野盲区——问。

微暗灯光下,裴然的脸蛋红得厉害,他皮肤白,一热或者紧张就会有明显变化。

裴然怔怔道:"什么?"

"过去聊聊,"严准说,"还是走?"

裴然终于回过神来,僵硬地张了张嘴,好半天才说:"算了……我们走吧。"

今天是罗青山生日，又有这么多朋友在场，裴然不想扰了大家的兴致。

严准一顿："好。"

回到包厢门口，裴然低着头刚想进去，严准忽然回过头来："你在这儿等我，我进去跟林康说一声。"

裴然茫然地看他。

严准非常自然地问："不是要走吗？"

于是裴然在门外静静地等了一会儿，甚至思考了一下如果迎面撞上了罗青山和苏念，自己该说什么。

但直到严准从包厢出来，罗青山都没回来。

严准走出来，手里拿着他的大衣："走吧。"

走出KTV，被深夜的冷风一吹，裴然才彻彻底底回过神来。

裴然垂下头抓了抓自己的头发，长吁一口气。

严准余光扫过他的表情，嘴唇抿了好几遍，才问："你想哭吗？"

裴然说："不想。"

"你看起来要哭了。"

裴然没想哭，但他心里的确有些乱。

他说："我没事，谢谢你陪我出来，我请你喝杯奶茶吧。"

他们附近刚好有一家奶茶店，裴然想的是买完奶茶，他们就可以各自离开了。今晚的事给他的冲击不小，他得花上一点时间消化。

严准说："太甜，不喝。"

裴然点点头："那我就先……"

"换成咖啡吧，"严准说，"对街那家，手磨现做。"

严准和咖啡店的老板似乎是朋友，两人已经在吧台聊了许久。

裴然独自一人坐在位子上，眼神漫无目的地飘向窗外。

杯子碰触桌面发出的轻响拽回他的注意力。

"没让他做太甜。"严准坐下来。

"谢谢。"裴然说完，发现自己这段时间似乎一直在跟严准说谢谢，"你和老板认识？"

"嗯，朋友，大我们几届。"严准说，"打游戏认识的。"

也不知道裴然有没有仔细听，他只是点了点头。

他尝了一口咖啡，苦中带甜，的确比那些甜腻的奶茶要好喝许多。

片刻，他放下杯子："你知道这事很久了？"

严准搅动着咖啡："没，我和他们不熟。"

不熟却来参加生日会？

裴然只当严准这是兄弟之间的掩饰，扯了一下嘴角："嗯。"

裴然瞥见手边的纸巾，是严准刚刚拿来的，随着咖啡一起推向他。

裴然忍不住开口道："我真的没有要哭。"

"嗯。"严准问，"咖啡苦不苦？"

话题转得太快，裴然顿了一下才应："有点，不过很好喝。"

严准从口袋里拿出一颗糖，放到裴然面前。

大白兔奶糖，裴然最喜欢吃的奶糖，他电脑旁都得备着几颗。

"你的口袋怎么什么都能变出来？"裴然剥开糖放进嘴里，没再说谢谢，奶糖接触味蕾的那一刻，裴然的心情都跟着舒缓了许多。

可惜他还没放松多久，手机就响了起来，是罗青山打来的。

裴然垂眼看了几秒，然后挂断。但罗青山并没放弃，接着又打了两通，裴然仍是没有接。终于，在第五通电话被掐掉后，罗青山没再打过来。

裴然刚想松口气，手机又亮了，这次是林康打来的。

裴然犹豫一会儿，还是接了起来。

"裴然，你在哪儿？"林康那边人声嘈杂，应该还在包厢里，

"喂！先把音乐关了啊，我在跟裴然打电话呢！"

裴然没答反问："有事吗？"

林康愣了一下："啊，有……罗青山喝醉了，一直在找你呢。"

另一头，罗青山靠在沙发上昏昏欲睡，猛地一激灵挺直背脊，扑到林康身上："裴然？裴然在哪儿？裴然……为什么不接我电话？"

林康笑着骂了一句，然后说："这儿呢、这儿呢，电话给你，你自己说。"

裴然猝不及防跟罗青山通起了电话。

"裴然？裴然？"罗青山叫了两声，然后抬起手机眯着眼看，确定是通话中，"裴然，你理理我。"

听罗青山这语气，似乎醉得不轻。

跟醉鬼没什么好谈的，裴然很轻地叹了声气："你喝醉了。"

"我知道……"罗青山含混不清地说，"我知道，我喝醉了，我下次不喝了……裴然，你来带我回去。"

背景音里，裴然听见罗青山身边的人在起哄，林康还嚷嚷着要把罗青山这副醉态录下来。

裴然耐着性子："我不回去了，你让林康听电话。"

"为什么？"罗青山醉话连篇，"不行，你不回来，我就要死了。"

背景音越来越喧闹，听得裴然头疼。

他不想再让其他人看笑话，只能放软语气："你听不听话？"

严准双手放在兜里，靠在椅子上看着他。

罗青山想了一会儿："听。"

"那你把电话给林康。"裴然说。

终于，林康拿回了电话，裴然跟他说明自己今晚不会回去，希望他能帮忙把罗青山带回寝室。

挂电话时，裴然还听见罗青山在喊他的名字。

严准讥讽地挑了一下嘴角:"你在哄小孩?"

裴然说:"醉鬼跟小孩没什么区别。"

"差别很大。"严准冷冷地说,"小孩不会背叛自己最好的朋友。"

裴然很轻地皱了一下眉,不知道是不是他的错觉,他感觉自己打完一通电话后,严准的语气就变了。

虽然严准说得没错,但此时说这种话,无异是在撕扯裴然的伤口。

裴然扯扯嘴角:"也是。"

搁在桌上的手机忽然振了一下,是罗青山发来的语音。

裴然点开语音,因为来不及放到耳边,大半的话被公放了出来,都是些毫无逻辑的胡言乱语。

关键是罗青山的声音背后,还隐隐掺杂着苏念的声音。

"现在又是什么?"严准说,"找不到玩具的孩子?"

许多人都喜欢找身边的朋友倾诉自己的经历,并渴望听见朋友"吐槽"以及帮自己鸣不平。

但裴然不是,他不喜欢把自己的伤口摆给其他人看,他习惯了一个人消化纾解。

而且在严准的比喻里,他是一个玩具。虽然可能是严准一时嘴快,放在平时也不是什么大事情,但在这种情况下,裴然还是有些抗拒。

他这才忽然想起,自己和严准并不熟,甚至连普通朋友都算不上。

"或许吧。"裴然收起手机,起身,"很晚了,那我就先回去了,以后聊,谢谢你今晚帮我。"

裴然去前台付了账,老板把发票递给他,他随手塞进了口袋。

他推开咖啡厅的门,才走了两步,就听见咖啡厅门上的风铃又响了,紧跟着,他的手臂被人拽住。

严准的手掌心很热,裴然被他拽得一愣。

"对不起。"严准依旧冷着脸,说的却是认错的话,"我说错话了。"

裴然眨了眨眼，被他这一下弄得有些茫然："没事，不用道歉……"

严准从口袋里抓出所有的大白兔奶糖，全部放进了裴然的掌心里。

"这些都给你，"他说，"别生气。"

裴然回到宿舍，把口袋里的奶糖全部倒在了电脑旁边。

舍友听见声响，回头一看，笑了："大白兔堕落了，都卖起散装了？"

"不是，别人送的。"

舍友长长地"哦"了一声："罗青山怎么这么抠，就给你买了几颗。"

裴然拿着睡衣走向浴室，解释："不是他，是另一个朋友给的。"

"这样……对了，我今晚要出去过夜。"舍友嘴角都快咧到耳根子了。

裴然笑了笑，没说话。

洗完澡出来，舍友已经离开了，裴然躺到床上，才发现手机被消息刷了屏。

罗青山给他发了无数条语音，有长有短，还有好几个表情包。

罗青山喝醉后跟别人不一样，别人是倒头就睡，他反而越来越精神。

裴然随意滑了一下屏幕，一条语音都不想点开。

他今晚还想心平气和地睡个觉。

裴然退出聊天框，刚想把微信关了，就见好友图标那儿有个大大的"1"。

"准了请求添加你为好友"，附加消息：严准。

周围都是互相认识的朋友，裴然没有深究他从哪儿来的微信号，直接点了"通过验证"，顺手把他的备注改了。

严准发来一条语音。

手机光亮下，裴然抿了抿唇，点开这段两秒的语音。

"别生气，早点睡。"

严准声音又低又沉，还掺杂着一些水声，应该是在洗澡。

裴然突然觉得好笑，怎么严准一直在认错？

再说……严准其实也没做错什么。

裴然：我没生气，你也早点睡。

06

罗青山睡醒时，天刚蒙蒙亮。

他眯着眼睛放空了许久，撑着床榻挣扎地坐起来，脑袋里仿佛被木棍狠狠搅动过，疼得他龇牙咧嘴。

罗青山随便抓了一把头发，刚掀开被子，就听见浴室里传来脚步声。

"哥你醒了？难不难受？我给你倒杯水？"

罗青山动作一顿，愣愣地回过头："怎么是你？"

苏念手里握着刚洗好的杯子："不然是谁？"

"……裴然呢？"

"他昨晚就走了啊。"苏念笑了一下，"我先去倒水，你赶紧起来吧，今天下午还有课。"

罗青山屈起腿坐着，额头在膝盖上磕了好半天，才依稀想起昨晚的事。

他从厕所回来后，裴然已经不在包厢里了。

充了半天电的手机终于亮起，罗青山赶紧拿起来看。

一打开微信，他就忍不住笑了——他昨晚给裴然发了三十多条语音，短的两三秒，长的四五十秒。

裴然肯定被他烦死了。

罗青山盘起腿打字。

罗青山：哈哈哈，你是不是被我的消息吵得睡不着？

罗青山：昨晚为什么没送我回酒店啊？

他配了一个"拍肚皮哭泣"的表情。

罗青山：这么多条消息，你一条都没回我。

苏念端了杯水来，罗青山拿起灌了一口："谢了。你的脚怎么样？昨天扛我没伤着吧？"

"没事，早好得差不多了。"苏念笑起来，嘴边还有个酒窝。

罗青山洗漱完毕后又看了一眼手机，仍然没收到回复，他忍不住皱了皱眉。

手机铃声在房间里响了近二十秒，被窝里的人才有了动静。

裴然睁开眼，花了几秒钟才从刚才的梦境里抽出身来。

他赶在挂断前两秒接起电话，因为困倦，他只发出一个音节："嗯。"

"裴然，是我……你还在睡？哦，你今天没课是吧？"罗青山声音听起来很有精神，"我下午才有课，你想吃什么？我给你送过去。"

裴然说："不用。"

"要的，我就要给你送，想吃什么？"罗青山看着周围的铺子，"你看我的信息了吗？怎么不回我啊？昨晚也没回，你真够狠心的……"

"罗青山。"裴然打断他。

"嗯？"

裴然停顿了两秒，才说："给我带一份云吞吧，谢谢。"

"谢什么？"罗青山失笑，"我给你带饭不是天经地义嘛……"

裴然直接把电话挂了。

他揉了揉脸，忍不住去回想昨晚的梦。

那是个非常莫名其妙的梦。梦里，他和罗青山正在爬山，遭遇山崩，他藏进了洞穴里，一回头，罗青山变成了严准。

033

梦里的严准跟现实中一样冷着脸,跟他说不用怕,然后他们撑到了天明。

或许还说了些别的,只是他想不起来了。

裴然洗完脸时,寝室的门刚好被敲响。

他刚拉开门,罗青山就拎起手里的塑料袋子:"鲜虾云吞,微辣加芝麻油,满不满意?"

裴然擦脸的动作一顿,转身回到盥洗台旁:"进来坐,我洗一下毛巾就来。"

一切收拾好后,罗青山拉了另一位室友的椅子到裴然身边坐着,撑着下巴看他吃饭。

裴然家教极好,以前就算是打了一下午球,饿得前胸贴后背,他的吃相依旧干净优雅,看得舒心。

所以当裴然放下勺子,提出两个人不要再做朋友时,罗青山还笑眯眯地"嗯"了一声。

几秒后,罗青山的笑容僵在脸边,难以置信地问:"什么?"

裴然又说了一遍。

"为什么?"罗青山完全笑不出来了,渐渐挺直背脊,有些慌乱,"你开玩笑呢?"

裴然说:"我不会拿这个开玩笑。"

罗青山喉结滚了滚,好久才找回声音:"为什么?我哪里做错了?我惹你不高兴了吗……因为我昨晚没听你的,喝太多?还是我发太多消息吵着你了……"

罗青山余光瞥到桌上:"或者这家云吞不好吃?"

裴然疑惑地皱了一下眉:"我不会因为这些事情生气。"

"我知道、我知道。"罗青山舔了一下唇,"所以啊,我根本找不到你生气的理由……"

"我看到了。"

"什么？"

"我看到了也听到了。"裴然短暂地沉默了一下，"你和苏念，在厕所门口。"

罗青山刚想问在厕所门口怎么了，忽然间犹如被惊雷迎面劈上天灵盖，无法动弹。

裴然收拾着云吞的包装盒，接着往下说："这三年，你给我送了一块表、几款书包，还有七双球鞋……我都记着，等我过几天回家了清点一下，再折现转账给你。哦，还有这碗云吞，多少钱？我现在转给你吧。"

直到裴然打开微信的转账界面，罗青山才意识到事情的严重性。

他下意识伸手，紧紧攥住裴然的手腕。

"不是……"罗青山努力地组织语言，语无伦次，"不是你看到听到的那样，你听我说，你是说昨晚、昨晚，你也在的……我喝了很多，头有点晕……"

"所以你觉得我和所有人格格不入，觉得和我这样又闷又无趣的人做朋友没什么意思。"裴然帮他说完。

"不、不是。"罗青山连忙说，"那些话都是他说的，跟我没关系……"

裴然说："我问了林康，你昨晚回包厢后的一段时间里，还在跟他们玩骰子。"

罗青山被生生打断，只能茫然无措地看着他。

"你中途还灌醉了一个，醉到胡言乱语撒酒疯，是之后的事了。"裴然平静地陈述，"所以你跟苏念说那些话时，并没到烂醉如泥的程度，你完全可以反驳他。"

罗青山要疯了："那真的是个意外，我没想到他会说那些，我都没来得及反应！"

裴然抿了抿唇:"苏念的朋友圈里都是你的照片。"

"那是他自作多情,我根本没想着和他做好兄弟!"

裴然垂下眼睛。

不知道是不是因为昨晚的冲击太大,现在他心里反倒平静多了。

"罗青山。"裴然叹了一声气,"罗青山,算了吧。"

罗青山的眼睛倏地红了。

他咬着牙,安静了好久,才说:"不行,裴然。"

"你不能因为这点小事就跟我决裂。"罗青山喃喃,"为了和你做朋友,为了跟你上同一所大学,我拼了命地学习,我还为你断了根手指。"

裴然脑中浮现当初罗青山满手鲜血的情景,脸色瞬间苍白。

后面罗青山再说什么,裴然都没仔细听,他花了好大功夫才从那鲜血淋漓的场景中抽身。

"裴然……"罗青山说,"我知道,昨晚是我做错了,我喝醉了,你别跟我计较……我以后不会这样了,我回去就拉黑苏念,以后也都不碰酒了,你原谅我,行吗?"

裴然一言不发地望着他。

就在罗青山以为他要心软时,裴然蓦地收回目光,把面前的塑料袋牢牢地系上一个结。

"你当初帮我赶走那些人,我真的很感激你。"裴然一字一句,缓慢地说,"我还你五倍医药费,好吗?"

"或者你以后有什么需要帮忙的,都可以找我,能帮的我都会帮,找我借钱也可以。"裴然语气很温和,"我们没办法再继续做朋友了,罗青山。"

罗青山买了一打酒回寝室。

在他打开第三罐时,他的舍友终于给了他一个眼神。

严准关上吃鸡界面,起身把礼物放到罗青山桌上,淡声说:"生日快乐,补给你的。"

"谢了。"罗青山闷着声应,余光扫了一眼包装盒,某品牌新款耳机,不便宜。

他有些意外,毕竟自己和严准关系也不是特别好,没想到这人居然会送他这么贵的礼物。

罗青山又灌了口酒,擦擦嘴角,忽然问:"听林康说,昨晚你和裴然一起出去的?他……情绪很差吗?有没有跟你说什么?"

严准停下脚步:"为什么这么问?"

罗青山觉得自己脑袋都不清醒了,严准和裴然几乎算得上陌生人,以裴然的性格,不可能跟他说什么。

"算了,没事。"罗青山往后一靠,长长地叹了口气。

严准:"怎么了?"

罗青山压根儿没发觉舍友关心语句里的异常。

"裴然跟我吵架了。"罗青山皱着脸。

严准微不可察地挑了一下眉,良久才说:"没事。"

罗青山烦躁道:"等裴然消气,我再去跟他认错吧。"

严准没再说话,回到电脑前,点开刚收到的微信消息。

卜众药:老大,真不打了啊?行吧,那下次一起玩,带我爬分啊。

卜众药:不!下次你一上线就叫我!我随叫随到!老大!

准了:拉我,号没下。

卜众药:啥?

卜众药:不是说不玩了吗,老大?我马上拉。

准了:高兴,多带你两把。

037

07

临近下课,裴然合上课本,从兜里拿出口罩戴上。

"你又提前走?"舍友问他。

裴然点点头。

舍友:"你都早退几天了,不知道的还以为放学有人堵你呢……"

裴然笑了笑没说话,待老师回头的一瞬间,抱着书从后门离开。

直到走出教学楼,裴然才松懈下来。

他很轻地吐出一口气,拿出手机看了一眼,果然有几条消息,都是罗青山发来的。

裴然快速翻了一下他们这几天的聊天记录,恍惚间有种回到高中的错觉。

罗青山:裴然,一起吃午饭吧?

裴然:不了,我订了外卖。

罗青山:好,你订了哪家?我跟你订一样的。

罗青山拨打了视频通话,未接通。

罗青山:一整天都没能好好听课。

罗青山:一起吃晚饭?我去教室找你。

高中时,罗青山也是这么对裴然的。他主动找老师要求换到裴然身边,宿舍换到了裴然上铺,就连吃午饭晚饭都要黏着裴然……诸如此类,怎么说都赶不走。

裴然关上对话框,并顺手取消了之前罗青山拿他手机设置的消息栏置顶。

晚上,罗青山推开宿舍门时,严准正在看 PUBG 国际赛的重播。

他只戴了一边的耳机,两腿散漫地叉开,看起来有些心不在焉,开门声丝毫没有影响到他。

"啪"的一声,罗青山把一打啤酒放在他桌上,问他:"一起喝?"

啤酒罐上湿漉漉的,看起来刚从冰箱里取出来。严准看着被弄湿的桌面,很轻地皱了一下眉,然后摇头:"不喝。"

于是罗青山只能独自求醉。

喝到半途,他拿起手机下意识想叫个人来陪他,电话拨出去后才发觉不对,连忙挂断。

深夜两点,严准被舍友吵醒。

他缓缓睁开眼,漆黑的眸子里尽是困倦和烦躁。

罗青山:"裴然,你真就这么狠……"

严准一下就精神了。

寝室早就熄了灯,罗青山的手机屏幕成了唯一的光源。

罗青山语调很沮丧:"三年……我们是最好的朋友,你得容忍我犯错,裴然。"

罗青山喃喃自语了几分钟,严准实在听烦了,从枕头底下拿出耳塞刚想戴上,就听见"沙沙"两声。

"罗青山,现在很晚了。"

罗青山竟然开的是免提。

裴然声音沙哑,带着浓浓的疲惫:"有什么事,明天再说好吗?"

"明天你就不理我了。"罗青山说。

裴然揉了揉头发,好半天才终于清醒过来。

罗青山说话断断续续地,还有些磕巴,应该是又喝酒了。

觉得嗓子干哑,裴然喝了一口水,才继续说:"罗青山,我们之前说好的。"

当时罗青山躺在病床上,手上、胳膊上缠满了绷带,两人都才十七八岁的年纪,眼底都不平静。

罗青山疼得龇牙咧嘴，还笑着哄他、逗他，问他感不感动，要不要做一辈子最好的朋友。

裴然沉默了好久，然后说："那我们试试，罗青山。"

罗青山依旧没说话，裴然低下眉眼："抱歉……"

"他睡着了。"那头低低地传来一声。

裴然一愣："啊。"

严准把桌上的空酒罐丢进垃圾桶："他喝了点酒，现在睡着了，我是严准。"

裴然："……"

意思是自己刚才说的话和罗青山对他说的话，全被严准听见了？

一股莫名的尴尬从脚底向上蔓延，裴然咽了咽口水，好久才道："吵到你睡觉了？"

"没。"严准面不改色，"我熬夜。"

裴然很轻地"哦"了一声。

空气陷入短暂的沉默。

"睡吧。"严准说，"下次睡觉时，记得把静音开了。"

裴然："……好。"

在裴然摁电话的前一秒，严准匆忙丢下一句："晚安。"

微信通话挂断后，严准垂下眼，不经意地看见了罗青山的聊天列表。

第一栏是裴然，第二栏就是苏念。

苏念：你给我打电话了？你方便吗？我回拨……

再往后的就看不见了。

裴然坐在床上，定定地看着手机屏幕。

他电话是不是挂得太快了？严准好像还没说完话。

经过这么一闹，裴然早就没了睡意，好在这几天他舍友都在外面住，寝室里只有他一人，不然接电话还得跑去阳台上。

他坐到电脑前，看着面前的半成稿，犹豫要不要把它画完。

最终还是懒惰获胜，裴然拿着手机爬回床铺。

裴然侧着身子玩手机，随手刷了一下，刷出一条一分钟前的朋友圈。

严准：接陪玩，什么游戏都会，随时上线。

裴然顺手点进严准的朋友圈，却发现这条被"秒"删了。

准确来说，是严准又重新发了一条——

严准：接陪玩，什么游戏都会，随时上线，会哄人，什么都能做，需要的老板私聊。快没钱吃饭了。

他还分享了一条网页链接。

裴然花十分钟逛完了今天的朋友圈，最后忍不住还是点开了那条网页链接。

那是个非常正规的网游陪玩网站，严准的号像是新号，接单数是零，二十块钱一个小时，是网站最低的价格。

裴然反复看了几遍，最后下了十个小时的单，付了钱后直接关上了网页。

他正准备开静音睡觉，一条微信消息弹了过来。

严准：老板。

严准：什么时候玩？

裴然睁大眼睛，反应了好几秒才敲字。

裴然：你在说什么？

严准：你下了我的陪玩单，十个小时。

裴然：你怎么知道是我？

严准：上面是你的微信头像。

裴然捂了一下眼睛，他把这茬给忘了。

那么问题来了,如果坦白自己只是为了支援严准一点饭钱,是不是有些不尊重人?

严准:怎么了?

裴然:啊,今天很晚了,就先不玩了。

严准:那明天?

裴然:这几天……有个兼职要忙。

严准:下周,学校七天假,那时候陪你玩吧。

严准:欠着不舒服。

话都说到这份儿上了——

裴然:好的。

裴然:我刚刚挂电话太快了,没听清你最后说了什么,抱歉。

严准:没事,没说什么。

裴然:好。对了,能麻烦你倒杯水放在罗青山旁边吗?

严准:你现在是我老板。

裴然:啊?

严准:你就是让我掰开他的嘴往里灌水都可以。

08

这天,裴然在学校的小路上遇见了林康。

"最近聚餐,罗青山都不带你过来了,好朋友之间闹别扭了?"林康说,"昨晚有人说了一嘴,也就是开开玩笑,结果罗青山当场就甩脸子了,要不是有人拦着,估计都得吵起来。"

裴然不知该露出什么表情,硬邦邦地应:"是吗……"

林康好奇地看着他:"不过你俩到底怎么了?"

裴然丢出早就想好的说辞:"没怎么。"

林康笑了："行，不想说我就不问了呗。对了，你下午怎么回家？一起坐车？"

明天开始学校放七天小长假。林康和裴然家住得近，坐巴士能在一个地方下车。

"家里人来接。"裴然道，"顺路送你吧？"

林康求之不得，巴士开得太抖，他每回坐都想吐："咱几点走？我一定准时出来……我翘课出来吧，我好像比你晚十分钟下课。"

"就正常放学时间，没关系，你慢慢来，我等你。"

林康道了谢，感觉到口袋里的手机嗡嗡在振，下意识拿出来看，是群里在吵，一直在"艾特"他。

"这群疯子，放假不回家，还在组织出去玩，"林康喃喃，"一天天闲得。苏念还说要去玩，就七天，够玩什么的……你去吗？"

裴然疑惑地看他："去哪里？"

"旅游啊，你没看群里说的？"

裴然说："我没在群里。"

林康愣了一下，下意识打开群成员去确认。

裴然确实不在群里。

这小群是苏念上星期拉的，苏念一向喜欢搞这种事情，群里三十多个人，林康下意识就把裴然也算了进去。

他和裴然有很多个共同群，裴然很少说话，一般冒泡都是被"艾特"出来的，所以这几天没看见裴然，他也没觉得有哪里不对。

"我还以为你在……就……苏念说要去大理玩。"林康尴尬道。

这苏念办事也太不周到了吧，裴然都跟大家伙儿一块儿玩这么久了，组这种群都能漏？

现在这个情况，林康也不好邀请他进群，毕竟罗青山平时在群里还挺活跃的。

"没事。"裴然笑了一下。

林康赶紧找了个话题，想把这茬跳过去，还没想好说什么，迎面又遇见一个熟人。

严准穿着简单的黑色T恤，用手腕把篮球夹在胯边，手指懒懒地在半空垂着，正边走边和身边的人聊天。

林康连忙叫他："严准！"

严准淡淡地瞥过来一眼。他胸膛轻微起伏，下巴还渗着汗。

林康只是想打破尴尬，笑了两声，问了句废话："刚打完球啊？"

严准没应，回头继续跟身边的人说话，林康更尴尬了。

他干笑两声，刚想骂严准一句，就见严准朝好友点了点头，然后转过身朝他们走来。

"你……"严准顿了一下，"你们怎么在这儿？"

"刚上完课啊。"林康说，"难不成我来这儿散步？"

严准看向裴然，林康愣了一下，也跟着看过去。

裴然语气如常："我过来帮老师搬画具。"

林康松了口气，好歹那破话题算是过去了："严准，你看群讨论没？他们要组队去大理，你去吗？"

严准："没看群，不去。"

林康点点头，他早猜到了："你站这么远干吗？"

严准："刚打完球，身上臭。"

林康笑了："这么讲究？"

裴然没认真听他们的对话，垂下眼睛，正好看见严准的手。

严准手指细长，指甲剪得很干净，肌肤上有打球时沾上的脏污。裴然想起严准握鼠标的时候，手背上凸出的骨节非常漂亮。

"今晚你来吗？"

裴然眼睛一眨不眨地看着，心想严准甚至可以去当手模。

然后他就看见严准屈起的食指，很轻地在篮球上敲了两下。

"今晚你来吗？"严准说，"裴然。"

听见自己的名字，裴然怔怔地抬起头，好一会儿才反应过来严准话里的意思。

严准是在问他，自己今晚能不能开始"上班"。

想起严准说过欠着不舒服，裴然没怎么犹豫："好。"

严准点头，额间被汗水凝聚在一起的头发跟着抖了抖："那我等你。"

严准跟好友离开后，林康盯着他的背影看了几秒，又转头看了看自己身边的人。

"看不出来，"林康收回那些乱七八糟的联想，"你和严准这么熟。"

裴然说："也不是特别熟。"

"不熟他能让你晚上等他啊？"林康笑了一声，"不过你俩要干啥去？"

"打游戏。"

林康无奈："行吧。不过能和他一块儿打游戏，也够爽的了。我知道个事，你别说出去啊，他高中的时候被 TZG 战队重金邀请过。那战队这几年可是承包国内冠军的，去年还拿了全国冠军，但他当时没去。

"所以你看，罗青山跟他一块儿住了这么久，才好不容易跟他打上一回游戏，哈哈。"

裴然有些意外："他这么厉害吗？"

那他……钱是不是给少了？

他后来研究了一下，二十块钱一小时，那些初出茅庐的中高分段陪玩都比这要价高。

裴然突然有种自己占了小便宜的感觉。

"开玩笑开玩笑，是很厉害，不过也没那么夸张啦。"林康拍拍他的肩，笑道，"也可能他就是嫌罗青山吵，不爱跟他玩。"

下午，林康还是早退了，跟裴然一块儿站在学校大门门口等车。

一辆双色迈巴赫在他们面前停稳，林康眼睛都看直了。

驾驶室门打开，一位白衬衫、黑裤子的中年男人下了车："小然，叔没来晚吧？行李在哪儿？我帮你放后备厢。"

裴然说："不用了，只有几天假，我没带什么行李。"

林康："……"

林康表情复杂，也不尴尬了："怪不得我当初说要学画画被我爸揍——没这条件。"

裴然听笑了："没那么夸张。"

林康刚准备坐上车，衣服忽然被人狠狠拽了一下，差点儿没摔到地上去。

林康吓了一跳，回头就骂："你……"

罗青山抿着唇，手上还紧紧攥着林康的外套，视线在林康和裴然之间转来转去。

见到是他，林康更莫名其妙了，把他的手给拍开："你有毛病啊？有这样打招呼的？"

罗青山的视线最后落在了裴然身上。

裴然目光平静，无波无澜地跟他对视了几秒，然后撇开视线。

"伤着没？"裴然问。

"没，就撞了一下。"林康紧张地看着车身，"我没擦到你的车吧？"

"擦着也没事。"裴然说，"上车吧，这里不能久停。"

话音刚落，林康的衣服又被人拽住了。

林康纳闷道："有事说事，你老拽我干什么？"

罗青山咬着牙，好久才憋出一句："你们要去做什么？"

林康说："回家啊。"

"一起回家？"

林康刚想应，突然品出一丝不对劲儿来。

"哎，不是……"林康皱起脸，"罗青山，你什么意思啊？"

罗青山说："那你们上午走在一块儿干什么？你把手搭在他肩上干什么？哦，一起吃饭是吧？"

林康简直气笑了，压低声音说："罗青山你是不是有毛病？"

"再说我和裴然怎么了，我俩就一块儿走了一段路，一起回个家，"林康毫不知情，顺嘴便道，"都没你和苏念来得亲近，你在这儿发什么疯？"

罗青山脸色瞬间灰白，方才的气势也垮了一半。

他中午在楼上都看见了，裴然没回他消息，没接他电话，却跟林康肩并着肩说笑了一路。

"罗青山，"裴然终于开了口，"松手。"

裴然回到家时天色已暗，一排小别墅都亮着灯，唯独他家黑漆漆的。

跟司机道别，他转身进了屋，房子里干干净净，能看出每天都有人专门打扫，可惜平时都没什么人住。

他洗了澡，换了件丝绸睡衣，灯光打在他身上，整个人被衬托得十分柔和。

但裴然现在跟"柔和"这词压根儿不沾边。

他甚至有些生气。

拿起手机，上面几乎都是罗青山发来的消息。

罗青山：对不起。

罗青山：裴然对不起，你别生我气。

罗青山：我脑子抽了。

…………

裴然不想再看，直接清屏。

他把头发吹干后,径直走到衣帽间,开始清点罗青山曾经送给他的东西。

鞋子和背包他基本都用过,退是不好再退,于是他上网查价,全部折算成了现金。有些球鞋由于时日已久,都成了绝版,价格翻了几番,所以他查得有些费劲。

计算出一个数字时,已经到了凌晨。他把钱转到了罗青山的支付宝,然后打开微信,发去一条"钱已转"。

退出对话框时,他不经意地瞥到某个头像。

这头像之所以能吸引他的注意,是因为图片上是只兔子。

大白兔商标上的兔子。

兔子旁边静静躺着两个大字——严准。

裴然脑袋短路似的看了这图片几秒,然后猛地回过神来。

裴然:不好意思!

裴然:我临时有点事,忘记了……

裴然:抱歉。

严准:没事。

裴然:你睡吧,不打扰你了。

严准:没睡。

严准:还在等你。

裴然登录游戏,严准的邀请消息马上弹了过来。

裴然连忙进队,然后开麦:"我刚刚在收拾东西,忙忘了,对不起。"

严准说:"没事,不用道歉。"

裴然刚松了口气,就见"111GOD"ID前的小喇叭又亮了起来。

那头沉默了两秒。严准的声音很轻,低声说:"我还以为你不来了。"

第二章

我只接一个人的单
The long wait

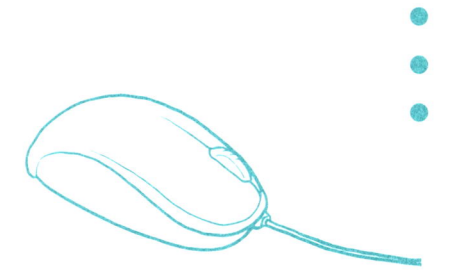

09

裴然没找过网游陪玩,但他的舍友找过。

舍友当时找的是女陪玩,声音甜美,一口一个"哥哥",裴然通过独立音箱听得一清二楚。

那位女陪玩似乎只打辅助位,一局游戏从头到尾,都跟在舍友身后,不断说着"哥哥救我""哥哥别死"和"哥哥好厉害",听得裴然那一整晚脑中都盘旋着"哥哥"二字。

想到这儿时,严准刚好从他旁边翻窗而入,紧跟着"噔"的一声,地上出现一把枪和两个急救包。

"捡。"

裴然问:"那你用什么?"

"你的,随便给我一把。"

然后严准提着裴然刚卸下的 Vector①,又翻窗出去了。

严准带裴然跳的是野区,严准用的大号,分高,这局排到的队友都很厉害,在等待大厅时就一直嚷嚷着飞往集装箱。

严准岿然不动,飞机快飞到终点时才慢悠悠在地图上标了个点,说:"跳。"

---

① 一款冲锋枪,伤害可观,射速高。此处是指电子游戏里角色使用的枪。

由于人不齐，队友落地没几分钟就凉了，晚上人们的心态大多都不怎么好，这两人凉了也没退游戏，一直在队伍里说风凉话。

"我开的是大号吧？为什么还有这种不跟队友跳伞的人啊？"

"野区王者呗，苟到最后偷个人头吃鸡。"

"真烦。兄弟，下把一起不？"

"行，我先看这两人成盒①再出去。"

剧本跟他俩料想中的差不多，他们的队友确实是野区王者，也确实零杀苟到了半决赛圈。

但情况跟他俩料想中的也不完全一样。

因为他们有位 ID 为 "111GOD" 的队友，在半决赛圈像个战神，扛着把 Vector 大杀四方，先是干脆利落地干掉了一支满编队，完了还以一颗手榴弹精准收掉了隔壁独狼的人头。

俗人没文化，手榴弹击杀跳出来后，路人队友就只会说"我的天"这一句了。

"哥、哥，这人包里有 M416，你把 Vector 换了吧。"队友语气都亲切了许多。

裴然小心翼翼地趴着前进，打开了敌人的盒子，里面确实有把 M416，还是满配："要换枪吗？"

"不。"严准说，"就用 Vector。"

一号队友说："好，高手都是这么玩的。"

二号队友说："你说得对，哥加油。"

这一局天命圈②，鸡吃得没什么难度。只剩最后一个敌人时，两

---

① 电子游戏术语，因游戏角色死亡后会掉落一个盒子，因此游戏角色死亡有时被称为"成盒"。

② 电子游戏术语，指游戏角色落地的地方始终在安全区范围内。

个队友问严准要不要一起玩。

严准说:"你们问三号。"

裴然看了一眼左下角……他是三号没错。

"你们是玩双排的?"队友道,"三号,一起?"

裴然说:"不了。"

击杀掉场内最后一名玩家后,严准暂时停留在吃鸡界面,垂下眼拿起键盘旁的烟盒。

"四号是陪玩,"裴然继续说,"要想他带你们玩,得付钱。"

严准捏着烟盒,忍不住很轻地笑了一声。

裴然语气未变,正儿八经地在给他拉生意:"在××App里,不贵,开业大酬宾,再晚一点就涨价了,名字是……"

队友听得一愣一愣的,应了几声"好"。

严准刚返回游戏大厅,手机屏幕就亮了起来,他解锁看了一眼,有人下单了,估计就是刚刚的队友。

他把烟放回原位,点了拒单。

裴然冲了一杯咖啡回来,咖啡里加了奶,颜色随着他的搅拌逐渐变淡。

"他们有下单吗?"

严准遗憾道:"没有。"

又进入一局游戏,裴然还没成功切进地图,就听见耳机里传来一个陌生的男声——

"'111',好巧啊。

"你们不认识'111'?就是前段时间亚服排名上蹿得很猛的一个兄弟。

"'111',在不在?记得我不?我们是好友。"

严准看了一眼他的ID,xktv197,看名字应该是个主播。

只是严准加的主播太多了，具体是谁记不清。

严准"嗯"了一声，算是回应。

这位"197"明显还在开直播，一直在跟观众互动。上了飞机，"197"问："'111'，跳哪里？我跟你。"

话音刚落，地图最右侧的某个小野区出现了一个黄澄澄的标记。

xktv197："嗯？"

xktv197："你手滑？"

严准说："我玩双排。"

xktv197看了一眼队友的ID，明白了："这个三号？ranbaobei？哦……带朋友呢？"

ID被人念出来，裴然才觉得有那么一点儿羞耻。

"没关系，不用管我。"裴然开麦，"你玩自己的就好。"

听见是男声，"197"愣了一下，然后道："新手吗？好吧，那就跳野区，反正这图就这么点大，很快就能遇着人。"

严准挑的是随机模式，这局他们打的是雨林小地图。

没过多久，严准又提着满配M416来找裴然。

裴然看了一眼地上的枪，说："不用了，这个图有很多枪，我身上也有把M416。"

严准没吭声，站了半天没走，枪也一直放在地上。

最后裴然还是蹲下来，把自己那把无配件的M416丢到了地上，严准迅速捡起来，开门离开。

裴然："……"

这一幕被"197"看了个全，他打趣道："'111'，你干吗呢？然宝贝的枪有加成Buff[①]？"

[①] 电子游戏术语，指增益魔法效果。

严准"嗯"了一声:"带我老板的枪,战斗力翻倍。"

"197"恍然大悟:"你也当陪玩了?"

严准说:"算是。"

"197"说得没错,这小地图遍地都是人,他们才搜完两个小型野区,附近就传来了枪声。

"E方向,"197"瞥着地图,"'111'你去哪儿?"

裴然看了一眼紧跟在自己身后的人:"……我们现在过去。"

他们赶到时,队友已经跟那帮人打起来了,二打四,吃了不少亏,另一个路人队友已经成了盒子,"197"剩一丝血躲在石头后面不断蹲着打药。

裴然余光瞥见一个敌人正背对着自己瞄人,下意识就开了枪,好在枪稳,成功将敌人击倒在地。

裴然玩这游戏很少能杀人,一局能杀一个都是多的,直到对方倒下,他才意识到自己的心脏跳得有多快。

"真棒。"严准的声音夹杂在枪林弹雨声中。

像小学时被老师夸赞一般,裴然脸颊莫名开始发热,在树后把自己的子弹夹重新装填满。

"197"打上血包,迅速报出敌人的位置,严准喝了瓶止痛药:"我灌雷①,你从左边摸,我打正面。"

两人提枪冲脸,严准两梭子弹掀倒两人,"197"在那头顺利杀了一个。

"都死了,我这是直接死的,可以舔包了。""197"趴在草地上,"强啊兄弟。"

---

① 电子游戏术语,指向目标可能所在的区域,连续、多角度扔多颗手雷,试图炸死敌人或迫使敌人逃离。

严准没说话,远处传来一道模糊的消音狙声,他摸到右边开镜看了一眼。

谁知还没找到人,身后就传来了数道枪声。

xktv197:"有人摸我们屁股!又来了一队……"

话音刚落,右上角弹出两条击杀信息,xktv197和裴然都被击倒了。

严准反应极快,回头直接开镜扫射死一个,敌人倒下之前朝他开了两枪,他的血条瞬间变成粉红色。

严准在的位置很好,"197"的心脏都提到了嗓子眼儿:"还有一个,别急别急,先打药,那人好像补杀然宝贝去了……"

他话还没说完,就见严准取消了打药的动作,提着枪就往前冲。

xktv197:"啊?"

裴然那句"别……"刚到嘴边,严准就已经冲进了他的视野。

严准跟敌人对枪①的那几秒里,裴然觉得自己的胸腔都要爆炸了。

严准丝血完成击杀时,裴然长长舒了口气,忍不住往后一靠,松开鼠标,才发现自己掌心里都是汗。

——太刺激了。

"兄弟,别人是玩游戏,你是玩心跳。""197"艰难地爬到严准身边,他倒下后还吃了敌人两枪,现在血条都快见底了,"兄弟,快扶我。"

话音刚落,"197"便眼睁睁看着严准离他而去,直奔坡后还剩大半血的然宝贝。

"有药吗?"严准问。

裴然回神:"有。"

"好,去舔包,上面都是。"

"197"哀号:"完了完了完了,我没了我没了我没了……"

---

① 电子游戏术语,指两位玩家相互射击的战术,也叫"刚枪"。

好在严准也不是完全没良心,在"197"只剩下最后一丝红血时,把人扶住了。

"我真吓死了。""197"很委屈,"我都爬到你旁边了,你不扶我,你在想什么,兄弟?"

严准说:"想我老板。"

裴然:"……"

xktv197:"你老板还有大半血呢!"

"这人还有队友,万一把他补倒了怎么办?"严准给 Kar98k 装上子弹,"如果你死了,我还能努努力带你躺鸡。"

xktv197:"哈?"

"如果他死了,我就只能自雷①了。"

"197"沉默片刻:"行……你不愧是个顶级陪玩。"

严准看着面前的人生生停在了原地。

几秒后,ranbaobei 继续向前跑,ID 前面的麦克风也闪了闪:"嗯,这么好的陪玩一小时只要二十块钱,在 ××App……"

严准失笑,控制不住地按了一下鼠标,奔跑的游戏人物对着空气重重地挥了一拳。

两人一直玩到凌晨四点。

裴然玩得忘我,根本没注意时间,直到严准提出休息,他才发现已经这么晚了。

裴然刚躺上床,手机就响了。

严准:我服务得好吗?

裴然:很好。

觉得敷衍,裴然又添一句。

---

① 电子游戏术语,指游戏角色用手雷炸死自己。

裴然：真的。

严准：嗯，第一次做这个，没经验。

裴然：有接到新的单子吗？

裴然这句话发过来时，严准刚打开陪玩 App 的后台。

一晚上，他收到了四十多个陪玩订单。

想到裴然帮自己打广告时认真的语气，严准伸手捂着脸，忍不住笑了一下。

严准：没有，我行情好像不太好。

裴然捧着手机想了一会儿，干巴巴地打出一句"加油"。

还没发出去，他又收到了一条消息。

严准：真觉得我玩得好？

裴然：真的。

严准：那要不要多买我一会儿？

裴然愣了愣。

严准：开业大酬宾，你多拍一点，整个假期，我的时间都是你的。

严准：行吗？

严准：裴老板？

10

翌日，裴然被一束正正好打在眼皮上的阳光吵醒。

他太久没熬夜，昨晚关了电脑后，困意一下就翻涌上来，躺在床上没一会儿便睡着了，连窗帘都没拉紧。

裴然下意识抬手挡住眼，从床边摸出手机想看时间，刚解锁就愣住了。

他的手机屏幕还停留在昨晚的界面，上面是一行黑体大字——

"亲爱的pr123,你已成功下单!点击查看订单详情。"

裴然脑袋里出现一瞬间的空白,点进订单一看,他给"准了"下了五十个小时的陪玩单。

裴然:"……"

果然,人一到深夜就容易冲动消费。

切到微信,界面仍停留在他和严准的对话框。

严准:谢谢裴老板。

严准:睡了?晚安。

裴然心想,陪玩业似乎也不是那么景气,连严准这么厉害的人都拉不到单子,还要来挽留他这位菜鸟顾客。

不过经过昨晚,他忽然明白为什么这么多人喜欢点陪玩了。就连严准都会说那些好听的话,其他陪玩岂不是更会哄客户。

裴然:睡着了……

那头没了回应,裴然看了一眼时间,还不到十点,严准应该还没醒。

他返回微信界面,开始翻今早收到的消息。

裴然一眼就看到了苏念的名字。

苏念:在吗?

苏念:看到了回我一下。

裴然无意识地皱了一下眉,犹豫几秒,还是礼貌地回了一句。

裴然:嗯。

苏念:你家就在满城吧?

裴然:嗯。

苏念:后天要不要一起去大理玩?

他配了一个"猫咪歪头"的表情。

裴然一下不知该怎么回。

连林康都知道他和罗青山绝交的事，苏念没道理不知道。

苏念：人呢？

苏念：哦对了，我们拉了个小群，里面都是熟人，我忘记把你也拉进去了，不好意思。我现在拉你？

裴然：不用，也不去大理，祝你们玩得愉快。

发完这条，裴然起身去洗漱，再回来时手机已经被微信提示刷屏了。

苏念：为什么啊？

苏念：因为和青山哥吵架了？

苏念：昨晚哥都跟我说了，裴哥你别气……

苏念：如果惹你不高兴了，我给你道歉，你俩别因为我吵架……

苏念发完消息后一直没等到回复，想了一下，又挑了个"跪地求饶"的表情发了过去，然后就收到了被拉黑的提示。

裴然吃早餐时，刀叉碰撞数次，频频发出响声。

家里的打扫阿姨担忧地看着他，问是不是蛋煎得太熟了。

裴然摇了摇头，戳起剩余的蛋一口吃完。

打扫阿姨离开后，裴然把整理出来的箱子搬到了仓库。

箱子里都是罗青山送他的东西，他以后都不会用了。

等回了房间，裴然才想起还有一些东西需要清理。

林康的消息发过来时，裴然正在翻相册。

裴然手机里有一个相册，里面是他和罗青山的照片，不多，十多张。

裴然不习惯拍照，这些都是罗青山拍的，再一张张发到他手机上。

上面有他们穿校服的模样，还有在大学门口的合照……

裴然深吸一口气，删了大部分照片，只留下那张在大学门口的合照。

做完这些，他才切回去听林康的语音。

"裴然，干吗呢？有空没？"

裴然：有空，什么事？

"哦，是苏念，他让我来问你是不是生气了，怎么话也不说就把他拉黑了……什么情况啊你们？我问他，他也不肯说，就让我给你传句话。"

林康是真好奇。

裴然平时给人的印象就是淡淡的，绝不会先开口跟人交流，但只要别人丢出个话头，他都会温温和和、不冷不淡地回应。总而言之，就是他没什么脾气。

但这世上哪有人是真没脾气的，裴然只是觉得没必要。

他不想跟别人计较，别人却上赶着来恶心他。

裴然满眼平静地敲字。

裴然：辛苦你再帮我回他一句。

"什么？"

裴然：让他滚。

严准下午才被电话吵醒，他按下"接通"，放到耳边，没说话。

电话那头不断传来敲击鼠标键盘的声音："你还没醒啊？"

听声音就猜到是谁，严准闭着眼道："有事说事。"

"嗜，也是，毕竟你昨晚玩到凌晨四点才睡。"男生"啧"了一声后道，"比我这职业选手练得还晚。"

严准说："林许焕，你很闲？大早上在我这儿阴阳怪气，什么毛病？"

"大早上？这都下午两点了。"

严准睁开眼，撇过头看了一眼时间。

林许焕刚说完话就被别人一枪爆了头，他骂了一句，顺手送了敌人一波四连举报，然后拿起手机继续说："我听说了，你当陪玩去了。哎，你怎么想的啊！风风光光的职业选手你不当，却下海当陪玩！"

严准缩小通话界面，去回复老板的消息：醒这么早？

"你怎么知道？"

"你遇到的是我们战队签的平台旗下的主播，"林许焕说，"还挺火的，昨晚跟你排的那把游戏，被他录屏发短视频 App 去了，现在也就二三十万赞吧……哎哟，你说这便宜你怎么不给我占啊？"

严准说："我怎么知道会遇见他。"

"不过真有你的，干啥像啥，哄老板一套套的，现在评论里都在找你的陪玩 ID。"林许焕靠在椅子上，"行了，说正事，你家里破产了？"

严准拨了一下前额的乱发："让你失望了，还没。"

"那你当什么陪玩。"林许焕无奈，"我还以为终于能把你骗来 TZG 了。"

严准嗤笑一声，刚想说什么，手机忽然振了几下。

裴然：嗯，你起床了吗？

裴然：我想打游戏。

裴然：没起也没关系，我自己玩一会儿。

林许焕："对了，你放假了吧？来我们基地，我们二队有个人请假了，凑不齐人，那些青训生都不太行，来跟我们凑场自定义训练赛。"

"不去。"

"付钱的！"林许焕咬咬牙，"给你陪玩费的三倍……等等，你陪玩费一小时没超两百块吧？"

严准起身："不去，你们自己打，我挂了。"

"哎，再聊聊啊，急什么。"

"急，有事。"

"什么事？"

严准套上衣服，懒声说："伺候我老板。"

严准叼着一块面包上线，看到裴然正在游戏中，就顺手查了一下他的战绩。

零伤害。

零伤害。

零伤害……

挺惨烈的。

严准发了条微信消息，让他这局结束了等自己，然后才开始慢悠悠地看未读消息。

严准深交的朋友不多，因为以前差点儿踏入电竞职业的大门，所以他有许多电竞界的好友，这会儿都在转发那条短视频调侃他。

再往下翻，他翻到了一个许久未打开的群。

看到某个字眼，严准皱了皱眉，打开群聊往上滑了两页聊天记录。

林康：@ 苏念，你跟裴然到底怎么了，他发这么大火？

苏念：不知道啊。

苏念：可能就是看不上我吧。

苏念：裴然不是一直这样吗？你们谁能真正跟他玩到一块儿？

苏念：大少爷都这种脾气，高攀不起。

…………

苏念：@ 全体成员，大理行，后天出发！想去的快找我报名！！

苏念：@ 准了，准哥去不去？

一般这种消息，严准都是直接无视的。

他咽下面包，垂下眼面无表情地打字。

准了：跟你不熟，别乱认哥。

准了：谁拉的我？删好友了，以后这种讨论组别随便拉人。

严准手速快，在群里人目瞪口呆之时，他已经完成了骂人、删苏念、退群。

11

裴然这局游戏依旧没坚持到五分钟,他看着敌人趴下吸溜吸溜地舔他的包,忍不住皱了一下眉。

这游戏原本就这么难吗?

他解锁手机,扫了一眼消息列表,其中林康发的消息最多,是苏念在群里嚼舌根的截图。

林康发来了聊天记录。

林康:平时也就觉得这人有点矫情麻烦,结果还是个碎嘴的。

林康:你到底怎么招惹他了?要不要我把你拉进群里来?放心,我一定帮你说话。

林康:你要是不好意思,兄弟帮你教训他两句,都是朋友,他说这些话就没意思了。

裴然:别了,谢谢你。

裴然:不用截图给我,下次请你吃饭。

裴然点开聊天记录又看了一遍,脸上没什么表情。

其实苏念说的话也不全错,自己确实看不上他。

严准的组队邀请发送过来,裴然把手机丢到一边,同意了邀请。

"老板。"严准声音有些哑,像是刚睡醒。

裴然下意识应了一声:"嗯?"然后又说,"你不用这样叫我……"

严准把自己游戏人物身上的衣服脱掉,变成了跟裴然一样的原始套装。

他想了想,又去把人物形象改成了女性。

"今天带你玩些别的?"严准问。

裴然:"玩什么?"

"双排雨林,"严准说,"带你杀人。"

裴然牵了一下嘴角,昨天他们虽然吃了好几把鸡,可他经常一局结束,一次击杀也没有。

虽然是躺鸡,但也很快乐。他应:"好。"

很快他就明白严准说的杀人是什么意思了。

一进游戏,严准就在训练基地上面标了个点。

训练基地,俗称自闭城,一个物资还没盒子多的地方,下来不是我死就是你亡。

"跳。"严准提醒他。

裴然连忙按"F",依着严准昨天教他的跳伞技巧往下落。

快到基地时,裴然回头看了一眼身后,乌泱泱一群人:"……"

"跳三仓,跟紧我。"

一落地,裴然耳机里只剩下此起彼伏的枪声,这让他想起前段时间去听的那场交响音乐会。

他慌乱地捡枪,当他装好子弹时,严准已经杀了两个人。

裴然正准备跟上他,就听见身后传来开门声,紧跟着,他被人击倒在地,对方毫不留情地把他补死然后迅速跑路。

这人是从远处跑来的,严准跳伞时没看见,他清掉两队人,问:"杀你的人穿什么衣服?"

裴然怔了怔:"好像是……原始衣服。算了。"

"观战等我一下,"严准舔完包,"很快。"

十分钟后,严准一个人扛着枪,清光了训练基地里穿原始衣服的人。

直到剩下最后一支队伍,严准击倒其中一位,然后开麦问:"你队友穿什么衣服?"

那人一脸蒙,乖乖回答:"黑色大衣,就是很贵的那个,你要吗？我让他脱了给你。"

然后严准就在对方热烈的注视下，自雷了。

裴然愣住了："你不用自雷，我看你玩也可以的。"

"你不在不玩，"严准说，"按'准备'，下一局。"

连着跳了三次伞后，裴然终于杀到了人。

"严准，我杀人了！"裴然觉得自己手掌心都是炽热的，脱口道，"而且……杀了两个！"

说完他才觉得不好意思——三局两人头，严准随便排个路人都比他厉害。

"我看见了，"严准很自然地接过他的话，"真厉害。"

裴然心脏跳得很快，觉得自己现在比考试时还要紧张。

因为有了手感，裴然又杀了一个，几分钟后，自闭城安静了。

"严准，"裴然小声确认，"好像没人了？"

严准被他逗笑："嗯，都被你杀完了……你不用压低声音，只有我能听见。"

裴然也觉得自己这样有些傻。他蹲在房子里舔包，严准忽然翻窗进来，经过昨晚，他对严准这个举动已经有了条件反射，下意识就把自己的枪脱掉，丢在了地上。

严准的游戏人物明显停顿了一下，片刻，他带着笑意说："我只是想看看这盒子里有没有多余的倍镜。"

裴然："哦……"

裴然立刻把枪收回，他觉得自己落地捡枪都没这么快过。

严准："但我还是想用你的枪。"

严准蹲在他旁边，把自己的枪丢出来："不逗你了……再给个加 Buff 的机会。"

裴然扭头就走："算了，不换了。"

严准起身便追,追了一整个训练基地,然后在裴然停下来捡东西的时候,在他面前用游戏人物动作跪下来行了个大礼。

裴然回了个大礼。

严准又拜了拜。

两人跟傻瓜似的拜了半天,裴然还是把枪给了他。

严准:"不拜了?就差一次了。"

裴然没听懂:"差一次什么?"

"没什么。"

严准挂着自动跑步,闭上麦。

又打了两局,裴然刚有些上头,就听见严准说:"这局跳其他地方吧,我这儿雨很大,听不见脚步声。"

裴然这才听见雨滴砸在窗上的声音。

"我这边也下雨了。"

严准"嗯"了一声:"我们在一个地方,我住满中附近。"

裴然脱口道:"我高中就是在满中读的。"

"我知道,"严准说,"我们是校友。"

裴然愣了愣,他并不记得自己在高中时见过严准。

见他不说话,严准说:"别想了,我跟你一个楼上一个楼下,碰不着。"

裴然随便应了一声,觉得严准这句话有点怪,还没来得及细想,思绪就被他打断了。

"跳。这局我认真打,带你吃把鸡。"

两人打了一晚上双排,关游戏的时候,裴然忽然记起自己放假前制订的假期计划。

"明天还找我啊,"严准懒洋洋地说,"老板。"

裴然想,计划就是拿来打破的。

临睡前，裴然习惯打开微信看消息。直到看到罗青山发来的二十三条未读消息，他才想起自己今天遭遇了一件非常恶心的事。

一晚上在自闭城过得太刺激，他竟然把这件事都忘得差不多了。

罗青山的消息无非就是解释，说自己刚刚没看群，不知道他和苏念之间发生了什么。

裴然看完后习惯性清屏，闭眼睡去。

这个假期过得很快，在接到母亲电话时，裴然才猛地反应过来，这是他最后一天假。

母亲在电话那头嘘寒问暖，对自己没办法回国陪他感到自责，还关心他这个假期都做了什么。

裴然很快地眨了几下眼，不是很熟练地撒谎："随便画了点东西。"

实则沉迷游戏，他甚至已经慢慢掌握压枪[①]技巧了。

挂了电话，裴然犹豫了一会儿，还是决定把今天的游戏邀约推了。

他刚打开微信，对面就发了条语音来。

"裴老板，出了新载具，直升机，坐在副驾驶位还能开枪。"严准问，"什么时候上线？带你坐飞机。"

裴然咬了一下嘴唇，低头打字。

"今天不玩。"

删除。

"晚一点吧。"

删除。

严准尝着嘴里大白兔的奶香，饶有兴致地看着自己老板的对话框顶上的"正在输入"。

也不知过了多久。

---

① 指电子游戏里使射击更准确的操作。

裴然：好的。

严准嘴角不自觉勾了一下，一口把奶糖咬碎。

裴然怀着罪恶感打开电脑，刚登录上PUBG，右边就弹出了一个组队邀请，他顺手点了"同意"。

进入队伍，他看见自己身边的人穿着花哨，全身上下都是绝版时装。

裴然还没反应过来，房主就进入了游戏，开的是双排，队伍里只有他们两个人。

"裴然……"耳机里传来了罗青山的声音，低低的，很是委屈，小声喃喃，"你终于肯理我了。"

严准上线想拉人，看到"ranbaobei"的状态竟然是"游戏中"。

他往下看，罗青山也在游戏中。

严准垂着眼皮，半晌才拿起手机发消息。

严准发了一个问号。

裴然：我不小心开了一局……

裴然：你先自己玩一会儿吧。

于是严准靠在椅子上，盯着裴然的ID。

手机"叮"的一声，他又被人拉进一个新的讨论组，不过这次不是苏念拉的。

林康：以后就在这个群里说吧。

林康：要不要把裴然拉进来啊？ @罗青山。

林康：@罗青山，人呢？

罗青山：先不拉。

罗青山：别吵我，我在和裴然玩双排。

林康：和好了？

罗青山：好不容易才理我……行了，不说了。

严准关了讨论组，直接给林许焕打了个微信语音通话。

对方很快接起："干吗？我这儿直播呢。"

"车队缺不缺人？拉我。"

林许焕愣了一下："怎么，强行消费？"

"不收你钱。"严准低声说，"你队伍分高，杀起来爽。"

林许焕笑了笑："这么暴躁？行，马上拉你……今天不陪你那位老板了？"

严准也笑了一声，没什么滋味。他说："嗯，老板今天用不着我。"

12

听见罗青山的声音，裴然第一反应就是退出游戏。

几秒后，他取消界面，打开地图自己随便标了一个点。

罗青山很激动，许久才组织好语言："我这几天……都在家里，哪儿也没去。我妈说附近开了一家很好吃的日料，要不要……"

裴然平静地问他："我发给你的，你看了吗？"

罗青山一顿，这几天裴然只给他发了一样东西——一份清单，上面记着他们相识以来自己送给裴然的礼物。

"没看。"罗青山声音很低，"很多东西我看了就想买给你，这么久了，我怎么会全记得。"

裴然落在了野区，开始慢吞吞地搜东西："应该没落下什么，还有两双鞋子，都绝版了，我搜不出价格。"

罗青山："裴然，你非要这样吗？"

裴然说："不是我要这样的。"

"我知道、我知道，我说了是我错了。"罗青山说，"可我真的不知道你看不上苏念这个人，你还不知道我吗？我一直是把他当普通兄弟看的,只是我没想到他会说那些话……"

裴然在房间里静静地站了几秒,才弯腰捡东西:"你别说了。"

"你连个辩白的机会都不给我?"罗青山涩声说,"裴然,我这几天一直在想,我在想,你到底在不在乎这件事。为什么你一点都不生气?你只是沉默,跟我冷战,无视我,忽略我。"

怎么辩白?又怎么样才算生气?裴然想。

难道要他当着所有人的面跟苏念大吵一架,搅得一地鸡毛?

裴然沉默了很久很久,久到罗青山都以为他闭了麦或者退了游戏。

"我只是不想让大家太难堪。"裴然很轻地说了一句。

这是罗青山在事情发生后,第一次听到裴然有这么落寞的语气。

裴然没说几个字,但罗青山仿佛都听懂了。

裴然父母都是艺术家,裴然生来就带着艺术家的傲骨,追求完美,追求浪漫。这也是罗青山最欣赏的地方。

罗青山鼻子一酸:"对不起。"

他揉了一下眼睛,许久后,说:"那之后,我们还能做朋友吗?"

裴然:"……"

"你别说不行,我求你。"罗青山说,"你至少给我一点时间。"

裴然本能是抗拒,如果不是因为没算清账,他或许早就拉黑罗青山了。

罗青山咬咬唇,扯出一声笑,决定丢出王牌:"对了……最近都在降温下雨,我手指总是痛,难道手指也能得风湿吗?你多穿一点,你容易感冒。"

裴然最吃这一套,罗青山觉得自己卑劣的同时,又十分庆幸。

果然,裴然安静了一会儿:"去医院看过了吗?"

"没,也不是很疼。"知道他心软了,罗青山暗自松了口气,忙转移话题,"捡到枪没?来,别动,我丢给你一把M24,上面有六倍镜。"

裴然脚步未停，从罗青山身边经过："谢谢，我不玩狙。"

"N方向有人，谢谢饼干老板的火箭，亲亲……"林许焕正在直播间和观众互动，看清队友的走向后立马坐直了身子，"二号你冷静点，二号等我一起上，二号……哥你别冲了，那边四个人！"

严准开的是摩托车，林许焕给自己这小破皮卡再加四个轮子都追不上，只能眼睁睁看着严准头也不回地奔向敌人。

"哎呀，双人玩四排本来就难打，你还这样白给①！"林许焕气得要死，"怪不得，我说你今儿怎么突然跟我玩了，原来想带我反向冲分……"

"111GOD 以 AKM 击倒了 TIKERX。"

"111GOD 以 AKM 击倒了 HUMI2B。"

"111GOD 以破片手榴弹击倒了 JEONG。"

"111GOD 以破片手榴弹淘汰了 MRxu。"

严准："死完了。"

"哈哈，我就说嘛，我哥肯定是心里有数才冲过去的。"林许焕微笑，"大家看我哥这波操作秀不秀？喜欢他的直接给我刷礼物就行。"

林许焕边舔包边说："哥你怎么了，我瞧着你心情好像不太好？"

严准问："心情好能跟你打游戏？"

"你……"林许焕气笑了，"行，那你说说什么事，让我帮你排忧解难。"

"你排不了。"严准快速舔走自己需要的配件，跳上楼顶瞄人去了，"你安静点就行，我都听不见脚步声。"

林许焕都习惯了。他看着弹幕说："没没没，他没开外挂……我怎么知道？我俩现实里都不知道一块儿打过多少局游戏了，一会儿有

---

① 指电子游戏中玩家在没有为己方做任何贡献的情况下阵亡或装备被捡走。

机会给你们看看他的视角,一看就看得出是真操作。

"不是我们队伍的青训生,这操作要是青训生,那我直接退役算了。

"我一直都很有自知之明。主要他确实很强啊,不信你们去其他 PUBG 战队主播的直播间,问他们谁不认识 111GOD。"

严准面无表情地听他吹自己,心想应该玩单排的。

一局游戏结束,严准二十一杀成功吃鸡。

"你真是绝世猛男。"林许焕感慨。

严准被他的用词雷到了,没理他。

他垂下眼,看着被放在键盘前的手机,反复打开置顶对话框两三次。

"哥,我直播间里都在问你的陪玩平台,你说一下呗,我给你打打广告。"林许焕说,"保准让你爆单,你先去把价格调高一点。"

严准:"不用,不干了。"

林许焕表情复杂:"你放弃得也太快了吧,年轻人一点毅力都没有。"

严准说:"嗯,干一行恨一行。"

林许焕打开直播间的麦:"你们别刷了,人家不接单了。为什么?没有为什么,高手都这么任性。哥你等一等啊,队里那群猪醒了,说一起打四排。"

严准没应他,抬手想抖烟灰,桌上的手机忽然振了一下,他敛下眼,差点儿把整根烟都抖进烟灰缸里。

裴然:我好了,你还玩吗?

没两分钟队伍就齐了,林许焕刚想点"开始",系统就提示他有队友尚未准备。

一看,111GOD 面前的钩钩消失了。

"我走了,你们打。"严准说。

"啊?"一个男人的声音传了出来,是战队的突击手,"为了跟你玩，我从被窝爬出来，你跟我说你要走了？干啥去？"

严准丢下一句："还能干什么，陪我老板。"

严准走了，留下直播间里的一堆问号，粉丝质问道："你不是说他不接单，逗我呢？"

林许焕一脸坦然："说了，高手都这么任性。"

裴然刚发出消息，又想起严准刚刚的状态还是"游戏中"，赶紧又添一句。

裴然：如果你在玩就算了。

严准：拉我。

裴然没当过队长，不太熟练地给他发邀请，111GOD 很快出现在队伍里。

"打什么地图？"

"就你一个人？"

两人同时开口。

裴然愣了愣："嗯，就我一个，你要拉其他人吗？"

"没，"严准顿了一下，"看你刚刚在双排。"

裴然说："刚刚进错队伍了，没仔细看 ID，还以为是你发的邀请。"

严准挑了挑眉梢："哦，以为是我。"

裴然没察觉他话里微妙的笑意，"嗯"了一声，又问："打什么地图？"

"海岛吧。"严准说，"说好了，带你坐直升机。"

玩游戏的过程中，裴然的手机一直在响。

他看着罗青山发来的语音，不是很想听，可又担心是他的手出了什么问题，最后还是选择点开了最短的那一条。

"明天你什么时候去学校？ 起吧？我去接你……"

裴然点下"暂停"，没让语音放完，抽空低头回了一句"不用了"。

严准看了一眼日期，刚散去的那股烦闷又原路返回，憋得他想点一支烟。

然后他就听见耳机里传来一点小动静，像是撕开糖纸的声音。

他忍了忍，打开抽屉拿出大白兔，含了一颗解馋。

跟裴然玩游戏，有点费糖。

打完游戏已经是深夜，裴然看着黑漆漆的电脑屏幕，忽然想到什么，打开陪玩软件给严准结了账。

这款陪玩软件的规矩是，客人先下单，待陪玩时长到了后得去后台点结账，陪玩才能收到钱。

陪玩时长最多只能购买五十个小时，规定陪玩们一个月内解决订单，否则订单作废。

严准打出一个问号。

裴然：去学校后可能没什么时间打游戏，先给你结账。

裴然：以后有机会我再来。

裴然不知道自己最后一句话看起来有多客套，"有机会再来"甚至可以理解为"我不会来了"。

严准眼神一直落在这句话上。

许久，他才有了动作。

严准：向你转账 1200 元。

裴然愣了愣，下意识敲出一个问号。

对面很快回了一条语音，裴然拿起来放到耳边听。

"真以为我是陪玩啊？"

裴然又想回一个问号，但觉得这样似乎不太礼貌，于是按住语音键，傻乎乎地应："是啊。"

下一条语音里，严准的笑声很低，像是没忍住。

"陪玩里，像我这样的，打底都得两百块。"

"我暂时不缺钱。"

"哄你下单,就是想骗你来跟我打游戏。"

裴然连听了三条语音,耳朵都被手机贴热了。

他沉默半晌,问:"你很喜欢和菜鸟打游戏吗?"

严准实在不行了,低头笑了好久,才认认真真地回过去。

"不是,我是喜欢和你打游戏。"

"就是我想和你一起打游戏的意思,你听得明白吗?跟你菜不菜没关系。"

裴然保持着接电话的姿势,整个人像被按下了暂停键。

他甚至停了几秒呼吸,脑中只剩下心脏跳动的声音,连带着他的太阳穴都打鼓似的"突突突"。

放下手机时,他不小心又点到了语音,严准的声音再次响起——

"就是我想和你一起打游戏的意思……"

裴然手忙脚乱地关了语音,快速地眨了两下眼睛,飞快起身站到窗前,"砰"的一声关上了窗。

是雨太吵了,他想。

13

裴然在窗边站了很久,窗户关了,他还是能听见那些声音。

他洗了一把脸,把手背抵在脸上离开浴室,重新拿起手机。

他喝下一口水,心想自己会这样,应该是被吓到了。

严准为什么会喜欢和自己打游戏?他们在这个假期之前没有交集,没有接触,甚至连多余的话都没有说过。

裴然解锁手机,界面还停留在他和严准的对话框。

黑暗中,手机又发出一道振动声,振得裴然掌心微微发麻。

严准：我只是解释一下，没有别的意思。

裴然愣了一下。

严准：不过以后，就不叫你"老板"了。

雨势渐小，严准倚在阳台上吹风，发完这条，才退回去看早被塞满的信息栏。

是之前那帮人，嚷嚷着让他赶紧上线继续杀人。

严准还没回过去，那边就迫不及待地打了个语音电话过来。严准挂了一次，对方接着打，他最后只好皱着眉接起。

"哥，你干吗呢？怎么还挂我电话啊？"林许焕问。

"忙。"

"大晚上的能忙啥？"

"等消息。"

林许焕愣了一下："啊？"

严准懒得跟他解释："打来什么事？"

"上线继续玩啊，老何他们都起来了，就差你了。"那头的背景音里还能听见有个粗犷男声在念叨严准的名字。

严准说："我是学生，明天上学。"

"嗐，老何让你翘课，来基地玩两天。"

"不翘，挂了。"

林许焕叫住他："哎，再聊聊，我直播间的人都想听你的声音，你别急着挂啊。"

"很急。"严准道。

"急什么？"

严准握着手机，声音混在风里："跟你没关系。"

可惜直到电话挂断，他都没收到新的消息。

严准觉得今晚可能是收不到回复了，关上阳台的窗，把手机丢到枕边准备入睡。

不知盯了天花板多久,手机屏幕忽然亮起。

裴然:好的。

距离上一条消息,已经过去四十分钟。

严准牵了一下嘴角,忍着困意打开键盘,随便敲了几个字。

严准:睡了,裴然。

翌日,裴然拒绝司机的接送,自己坐巴士回了学校。

裴然到寝室时,舍友一局游戏刚结束,摘下耳机问裴然:"你没看班群啊?"

裴然低头整理行李:"没,怎么了?"

"运动会的事,我们班里男生人数少,辅导员让我们全报名,现在在登记。"舍友问,"你想报什么啊?我看你就报个一百米吧,名次不重要,咱能跑完就行。"

裴然想了想:"三千米吧。"

舍友"哦"了一声,淡定地回复女朋友消息。几秒后,他震惊地转过头:"啊?"

不怪舍友反应大,裴然虽然个子高,但整体给人的印象挺瘦弱的,舍友一度怀疑他比班里那些女生都瘦。

不过裴然没在他面前脱过衣服,就连洗澡都要带衣服进去换,所以他只能看个大概。

裴然在舍友质疑的眼神中报了名,抬头对上舍友的目光,失笑道:"我真能跑完,你别担心。"

裴然刚收拾好行李,就收到了林康的消息,问他要不要一起吃午饭。

想起自己曾说过要请客,裴然答应得很痛快,两人约在了学校附近的西餐厅。

"我今天还想约你一块儿回学校呢,结果打完球才发现时间晚了。"林康喝了口柠檬水,小声问,"这家店会不会太贵了?不然我们去吃麻辣烫吧,我不挑嘴的。"

裴然:"没事,我有会员,能打折。"

原来坐迈巴赫的人也会使用打折功能。

太亲民了。林康觉得自己和裴然的距离又近了一点。

正聊着,林康忽然接到了罗青山的电话,他尴尬地看了一眼裴然,对方垂着眼睫在看菜单,丝毫没受影响。

挂了电话后,林康轻咳了一声:"他问我篮球放哪儿了。"

裴然点点头,从菜单上抬起眼:"我们点套餐吧?"

林康连忙说"行"。

坐了一阵后,林康终于忍不住了:"那什么,裴然,我不是八卦哈,我只是比较好奇……你和罗青山,真的绝交了?"

裴然反问他:"你觉得呢?"

"这我怎么好乱猜啊。"林康说是这么说,可后面接道,"该不会是因为苏念吧?"

裴然翻菜单的动作一顿,不说话了。

林康是个大"直男",女朋友生气了都得等几小时后才能反应过来的那种。要不是昨晚朋友跟他提了一下,他根本没想到这方面去。

"还真是啊?怪不得苏念那天在群里阴阳怪气的……"林康说,"你有没有哪里需要帮忙的?只管开口,我这人最看不来这些事了。"

"没有。"裴然不太想继续这个话题。

林康却没领会他的意思:"你别跟我客气,我虽然跟罗青山比较熟,但我帮理不帮亲。要不我帮你骂他一顿?"

再这样说下去就没完没了了。裴然想了一下,斟酌地开口:"真不用,不过我有件事想问你。"

林康忙问:"什么事?"

"严准以前也是满中的吗?"

"对啊……啊?"林康蒙了。

裴然说:"我以前好像没怎么见过他。"

"不会吧?"林康马上被带偏了,"他在高中时挺有名的,跟我一个班的,不过我们教室在一楼,跟你们隔好几层呢。哦对,他还拿过一个小型吃鸡比赛的冠军,这你也没听说过?"

裴然一只手无意识地捏着杯子,摇摇头。

"那你还真是……专注学习呢。"林康说,"当时别说学校里,还有人把他比赛的照片放到网上,就一个侧脸,两万多的转发量,特牛。"

这么一说,裴然记起来了。

不是记起严准,而是记起这条微博。

他刷到的时候被"满城"这个关键词吸引了目光,但具体的内容没怎么看。

裴然含糊道:"好像……有点印象了。"

"想起我什么了?"一道熟悉的声音从身后传来。

两人都一愣,尤其是裴然,他倏地睁大眼,满脸都是被抓包的惊慌和尴尬。

他僵硬地转过头,透过身后的假绿植,对上了严准的视线。

裴然很少有这样的表情,严准看了几秒,才瞥向旁边的林康,解释道:"不是偷听,我坐这儿很久了。"

餐厅的每个座位间都立了隔板,不注意看很难发现。林康回过神来:"我还真没看见……你一个人出来吃饭?"

"被人'鸽'了。"严准看了一眼在餐厅外排着队的客人,说,"不然拼个桌?外面很多人在等。"

严准一坐下,裴然就觉得这四人餐桌变得有些拥挤。

他从没在背地里议论过别人,没想到第一次……就被抓包了。

裴然攥着手机,垂着眼睛不吭声,想尽量减弱自己的存在感。

"说什么了?"他听见严准懒懒地问。

"说你以前拿冠军的事呗。"林康说,"裴然竟然不知道你跟他是一个学校的。"

严准也不谦虚:"学霸,不关注游戏很正常。"

林康低头看了一眼手机,抱怨:"这班群怎么这么吵,不就是个运动会嘛,每人报个项目凑数不就行了。你们报什么了?"

严准说:"还没报。"

感觉到两人的目光,裴然乖乖道:"报了三千米。"

"牛。算了,我划划水得了。"林康说完,拿起手机起身,"我去趟厕所,顺便给辅导员打个电话。"

林康一走,桌上便沉默了。

裴然无意识地抿着唇,在心里盘算找借口离开。

缓解不了尴尬,那就逃避尴尬。

他好不容易找出一个由头,严准忽然开口,又问了一遍:"刚刚想起我什么了,裴然?"

裴然像个想逃课却被老师点名的学生,认命地应:"想起了林康说的那条微博。"

严准回忆了一下,那张侧脸照拍得很模糊,好在不算丑。

"就是瞎夸,没他们说得这么厉害。"

裴然"嗯"了一声。

餐厅的桌子不大,他低下头能看见严准随意叉开的腿,穿的球鞋也是某牌当季限量款。

——所以当时严准说缺钱要当陪玩的时候,自己是怎么上的当?

他正出神想着,就见严准的鞋忽然转了个方向,很轻地抵到了自己的鞋边。

严准垂着眸子对比了一会儿，总结："你脚挺小。"

14

裴然想反驳，可他看了一眼，跟严准的比起来，自己的脚确实有那么一点点小。

他没说话，默默把脚收回来。

严准笑了一下，没再继续逗他，拿出手机看消息。

林许焕：呜呜呜呜，哥你等等，我换个衣服就出门！直播时长差太多了，刚刚被教练抓回去念叨了半天……今天吃饭我请！

严准：等等，你先别换。

林许焕打了个问号。

严准：你的直播平台上一个火箭多少钱？

林许焕：两千块啊，咋了？

严准：向你转账 2000 元。

林许焕又打了个问号。

严准：我临时有事，你自己玩去吧。

林康很快就回来了，他吃饭不安分，吃两口就要张次嘴。

"这七天假一直在下雨，哪儿也没去，在家都要发霉了。"林康擦了擦嘴，"你假期都去哪儿玩了？"

他问的是严准，裴然低头吃饭的模样太认真了，他都不好意思打断。

"没去哪儿。"严准说，"忙着赚钱。"

林康问："赚钱？你去兼职了？"

"算是吧，"严准轻描淡写，"当了几天陪玩。"

林康光顾着震惊了,没注意到身边另一个人动作一顿,紧跟着连咀嚼动作都慢了很多。

"你……当陪玩?"林康说,"比心那种?"

严准说:"差不多,在其他平台。"

林康表情复杂,他和朋友们每次开黑①都找陪玩,可以说是深谙陪玩之道。你可以菜,你可以苟,但你声音得好听,还得会哄人。

毕竟打游戏而已,就是图开心,要真想上分还不如直接找代打,省时省力。

但严准……别说哄人了,理不理人都不一定。

于是林康斟酌着问:"那……顺利吗?"

"还行。"严准有意无意地瞥了裴然一眼,"我只接一个人的单。"

裴然:"……"

他原本都想好了,如果林康一会儿问到自己,他就如实地说自己打了一个假期的游戏——两个男生一起打游戏是很平常的事。

但严准寥寥几句,这件事好像又没那么容易开口了。

果然,林康怔了几秒,然后问:"就一个老板?那他买了多少小时啊?"

"六十。"严准说。

林康深吸一口气,开始算账:"六十个小时……你一小时最低都得一百块吧?那得六千块。就七天假期,他都舍得给你下六十个小时的单……老板大气啊!"

裴然呛到了,忍不住咳了几声,身边两人不约而同看了过来。

在两道目光中,裴然面无表情地挤出一句:"交易而已……我觉得还算正常吧。"

---

① 指一群人在一起交流的情况下玩电子游戏。

严准靠在椅子上，懒懒地笑了一下。

林康认真地向裴然"科普"："你没找过陪玩，你不懂。我们找陪玩，一般都是现打现结。但那些大老板不一样，大老板都直接把钱存在陪玩那儿，陪玩自己算着扣，有时候算多了，老板也不会说什么。"

说完，他又问严准："你们打够六十小时没？"

"没，老板担心我拿不到钱，给我提前结账了。"严准饶有兴致地反问，"你觉得他怎么想的？不怕我跑了？"

"这说明，他已经成为你的固定老板了，以后一定还会继续点你的单。"林康信心满满地答。

餐桌上安静下来。

良久，严准短促地笑了一声："是吗？那我还挺期待的。"

林康："……"

严准的"固定老板"拿起咖啡镇定地抿了一口，结束了他的用餐。

结账的时候，严准最先打开付款码，语气自然："兼职赚了点钱，我请。"

吃完饭，三人一起离开餐厅，走出一段路，林康拐进旁边超市买烟。

裴然犹豫了很久，才开口说："我没有那意思，只是担心上学没时间玩游戏，影响你结账。如果冒犯到你……很抱歉。"

严准："没事。"

裴然松了一口气，拿出手机问："晚餐多少钱？我转给你。"

那家西餐厅挺贵的，一份套餐都要两三百块钱。

严准两手插兜："不用。"

"你又没赚钱。"裴然坚持，"转到你微信可以吗？"

裴然才刚打开微信界面，舍友的电话就打了进来，说是自己马上要搬出去跟女朋友租房子住了，今晚就走，要跟裴然讨论一下之前合买电器的钱,让他回寝室一趟。

这时,林康从超市出来了,见他在打电话也就没打扰他,指指他们的校区说:"那我和严准先走了,你从这条小路回去吧,近点。"

他们虽然是一个学校,但校区不同,中间隔着一条街,走一趟要十分钟。

裴然想叫住他们,偏偏舍友又在电话里反复问:"听得见吗?你现在方便回来吗?"

裴然只好应:"方便,我马上回去……"

严准忽然走近两步,从口袋里拿出什么东西,轻轻地塞进了裴然的卫衣口袋。

直到严准的背影融进夜色,舍友终于挂了电话。

裴然关上手机,转身走了几步,才把手伸进口袋。

他掏出了几颗糖。

运动会当天的中午,严准被班长的电话吵醒,提醒他别忘了下午的一千米项目。

严准敷衍了两句,挂了,又在被窝里躺了一会儿,才懒散地坐起身。

罗青山穿着球鞋说:"我刚准备叫你,要不要一块儿去跑步,热个身?"

严准应了句"不去",过了一会儿问:"你报了什么项目?"

"三千米。"罗青山说着还有点兴奋,"我托人问了,裴然也报了三千米,祝我成功,兄弟。"

严准皱了一下眉,很快又松开,从枕头下拿出手机,没应他。

自从那天严准放了林许焕鸽子后,林许焕就像尝到了甜头,天天给他发消息约饭。

林许焕:哥,今晚约饭不?我请客,你要是没空,放我鸽子也行。

严准嗤笑一声。

正想着,对面又弹出一条消息。

这条消息很长,一看就知道是群发的搞怪消息。

严准扫了一眼,刚想关掉,忽然想到什么,翘着嘴角长按消息,点了"转发"。

裴然此刻正坐在食堂,面前的餐盘里只有两个素菜。

他下午有长跑比赛,吃太饱了胃会不舒服。

手机轻轻地响了一声。

严准:欧尼酱①,赛季末了,人家还没有上六千分,虽然人家不太厉害,但是我会永远紧跟着哥哥的!钢枪冲楼什么的太可怕了,人家不想杀人嘛,人家就想带着急救包、医疗箱跟着你!

裴然缓缓打出一个问号。

他微微睁大眼,反复确认对方的备注。

裴然:发错人了吗?

裴然:我是裴然。

严准:嗯,发错了。

严准:三千米什么时候跑?

裴然:下午三点。

严准:跑不完就停下,你们艺术系对运动会没那么讲究。

裴然:我会跑完的。

下午,裴然和舍友一块儿去操场。

舍友报了一千米,就想随便混混。比赛时间还没到,两人坐在看台上等登记。

舍友正在用手机聊天,聊着聊着忽然笑了:"我女朋友一会儿要

---

① 即哥哥。

跑接力,我要去给她喊加油。"

裴然点点头:"挺好的。"

舍友拍拍裴然的肩:"我比赛时间到了,走,去终点等着给我加油。"

在起跑线上看见严准时,裴然怔了一下。

严准个子很高,起跑的姿势跟旁边两位体育生一样标准,体育生虽然身材很健美,但严准肩宽腿长,轻松就把观众的视线吸引了去。

裴然甚至听见身边两个女生在商量一会儿要给严准送水的事。

枪声一响,严准就似离弦之箭冲出了起跑线。

一千米对于男生来说不难,两名体育生跑得飞快,再往后就是严准,而他的舍友……正和计算机系的在末尾小鸡互啄。

裴然眼看着严准离自己越来越近、越来越近,最后以第三名的成绩越过终点,然后——直直朝他而来。

冲刺过后,都需要一段小跑缓冲,裴然甚至怀疑严准要撞到自己身上,下意识地想后退。

严准稳稳地停了下来。

他胸膛不断起伏,喘了一会儿气,然后说:"放心,撞不着你。"

裴然飞快地眨了一下眼,干巴巴道:"恭喜,第三名。"

"第三名有什么好恭喜的,"严准垂下眼,看着他手里的两瓶矿泉水,"给我的?"

裴然想了想,下意识抬起右手那瓶:"这瓶……"

他话音刚落,严准便抽了过去,拧开瓶盖猛灌了一口。

冰凉凉的水滚入喉间,沁人心脾。

他一口气喝了大半瓶,喝完一看,面前的人正震惊失措地看着他。

裴然想说的是,这瓶是我喝过的,另一瓶是要给舍友的。

严准挑了一下眉,刚想问,就有人上来提醒他去登记成绩。

"我去登记了。"他离裴然很近,裴然甚至能感觉到他的气息,他说,"别小气,实在不行,一会儿赔你一瓶。"

15

舍友冲过终点线时喘得像头牛,裴然连忙把水递了过去。

舍友撑着膝盖缓了大半天,才抬头哈哈大笑:"我赢了!我把计算机系的超了!"

裴然"嗯"了一声:"好厉害。"

舍友自己乐了一阵,才想起问:"我第几名啊?"

裴然说:"倒数第二。"

舍友皱了一下脸,很快又想开了:"算了,没输给计算机系的就行。"

舍友登记完成绩,才想起来,道:"你跟严准挺熟啊,刚刚在终点前看见你们聊天来着。"

"他是罗青山的舍友。"裴然说。

舍友很快跟裴然道别,去给女朋友打气。裴然自己找了个角落,热身准备一会儿的三千米。

三千米其实不难,但他们班的男生有些懒于锻炼,有些直接拒绝参加运动会,一个个都不愿意去。裴然报名的时候,甚至还有几个人来劝他。

他做了几次腿部拉伸,盯着地面出神。

这半个月因为父亲不在家,他没怎么去晨跑锻炼,昨天试跑了一次,跑是跑完了,不过有些慢。

今天争取快一些吧。

罗青山找到裴然时,他正在做原地高抬腿,做得很认真。

罗青山看了好久,才舍得开口叫他:"裴然。"

裴然动作一滞，回过头看他，然后缓慢地放下腿："有事吗？"

"你也参加运动会吗？"罗青山被他客气的语气刺了一下，努力控制语气，"报了什么项目？"

"三千米。"

"好巧，我也是。"罗青山紧张地舔唇，"一起热身？"

裴然摇头："不了，我差不多已经好了。"

裴然低下头，看向罗青山垂在身侧的右手。

感觉到他的目光，罗青山连忙抬起手来，张开五指让他看："我给你发的消息你看到了吗？手指这几天恢复了，不疼了。"

罗青山的右手无名指跟其他手指不一样，虽然正常的活动已经不受影响了，但仔细看，还是能看见一条细长、略微扭曲的线。他一边说着，一边下意识把自己的手伸到了裴然面前。

"那就好。"裴然收回目光，抬头望他，"以后如果出现任何后遗症，或者你觉得不舒服，一定电话联系我，我会负全责。"

罗青山忽然觉得喉咙干得厉害，收回手，苦笑了一声："好。"

直到裴然转身离开，罗青山才发觉对方连一句"加油"都没对他说。

他挫败地捋了两把头发，坐到旁边的石椅上玩手机，热身什么的早在他找到裴然之前就做完了，刚才只不过是想找个借口搭话。

手机振了振，罗青山拿出手机一看，竟然是裴然的消息。

他一下就振奋起来，猛地从石椅上起身——

裴然：我的电话没变，有事随时联系。

罗青山激动得甚至敲错了几个字：怎么了？你的号码我一直没忘过。

他反复看了两遍，才点击"发送"。

"对方已开启好友验证，你还不是他（她）的好友！"

罗青山一下被这红色感叹号砸蒙了。

他震惊地瞪大眼,确认似的连续发了几个标点符号,终于确认了这个事实——

裴然把他删除了。

裴然是最后一个来登记班级的,登记完时,其他人都已经在起跑线上准备了。

罗青山站在五号跑道,一脸焦急地看着他。见他朝这边过来,罗青山下意识就想走过去,却被旁边人拽住了衣服。

"同学,马上要开始了,别乱走。"

裴然蹲下,把鞋带重新系了一遍。

跑道旁边围满了人,大多在偷偷看裴然。

学校许多人认识他,他专业成绩出众,经常被导师拿去当"正面教材"。

就算如此,裴然还是觉得不自在。

枪声打断了裴然的思绪,他冲出起跑线,迎面刮来的凉风终于让他轻松许多。

三千米将近八圈,裴然一边跑一边数,第五圈跑到一半,他气息仍旧很稳,只是排名稍微有些落后。

裴然忍不住往后看了一眼,还好,他不是垫底的。

再回头时,他听见身边的人惊呼出声:"小心——"

裴然还没反应过来,就被别人狠狠地撞了一下。

他在最左侧的跑道,旁边围观的同学不知怎的闯进了跑道,结结实实跟裴然碰到了一起。裴然跑步是花了力气的,直接被撞倒在地,眼冒金星,手臂上也火辣辣地疼。

裴然皱着眉,很快撑着坐了起来。

"对不起对不起对不起对不起！"那位同学因为被好友扶了一下，摔得反而不重，连声道歉，"我被人挤了一下，对不起对不起！你摔伤了吗？哪里疼？"

"没事。"裴然屈起手看了看自己的手臂，被擦破了皮，渗了血，看起来应该是皮外伤。

他看了一眼面前这位身形娇小的女同学："我没撞疼你吧？"

女生慌得要死，摇头，又点头："我不疼，你……你没事吧？怎么办？你伤到哪儿了吗？"

看她慌得厉害，裴然很想安慰她两句。

可他发现自己似乎不只手臂受了伤——脚也扭了一下，小腿还隐隐发疼。

他深吸一口气，撑着地面艰难地想站起来。

"别动。"

裴然抬起头，对上了严准的眼睛。

严准蹲下来，握住他的手臂仔细看了看，然后问他："伤到腰没？"

裴然说："应该没有。"

"能走吗？"严准说，"我扶你。"

裴然觉得自己是被严准"提"起来的。

他一只手搂着严准的肩，严准扶着他，轻松地把他架了起来。

裴然起身后第一件事就是松手，然后就听见严准淡淡地问："你自己能走去校医室？"

裴然沉默两秒："麻烦你了。"

运动会，校医室塞满了人。校医粗略检查了一遍裴然的伤口，给了络合碘和冰袋，让他们先去隔壁的休息室做一些简单处理。

裴然坐在休息室的床上，小心翼翼地把裤子卷到了膝盖。他小腿也擦伤了一道，红了一片。

严准拿着药进来，目光在他的伤口上停留片刻，转身又要出去。

"要去哪儿？"看见严准拿着的消毒水，裴然下意识问。

"去让她多开点药。"严准说。

"别，"裴然一急，顺手拽住了他的衣服，"只是皮外伤，消毒就可以了。"

严准皱起眉。

裴然："真的。"

半分钟后，严准随便拖了把椅子来，在他面前坐下了。

裴然松了一口气，正打算再感谢对方一次，就听见严准说："腿架上来。"

裴然有些茫然："架在哪里？"

他看着严准打开络合碘，忽然明白过来："不用，我自己来。"

严准没应他，径直弯下腰扶着他的脚腕，架到了自己的大腿上。

裴然还穿着鞋，愣了几秒，立刻想把腿收回来，可没能成功。

"我鞋很脏。"裴然说。

"所以别乱动。"严准捏着被药水染红的棉签，眼睫垂着，目光放在裴然小腿的伤口上。

裴然还想拒绝，棉签就已经摁了上去。

裴然的腿很直，皮肤比一般男生要白一点，药水在上面蔓延开来，像干净的画布不小心沾上了颜料。

"疼不疼？"严准问。

裴然应得很快："不疼了。"

其实还是有点刺痛，但完全在他接受范围内。

就在他要把腿收回来时，休息室的门忽然开了。

罗青山站在外面，还在不停地喘气。看清屋内的情况，他动作一顿，过了片刻，才找回声音，惊讶又疑惑："严准？"

16

罗青山是跑完步后才知道裴然摔倒的。

罗青山运动细胞发达,跑步时把裴然甩了一大截。等他跑过终点再回头看,裴然早就不见了。

在围观同学那儿问到情况后,他连成绩都没来得及登记就跑来了。

没想到他会来,裴然动作顿了顿,然后被脚腕上突如其来的冰凉感拽回神。

严准扫了罗青山一眼,淡淡地"嗯"了一声,然后把冰袋放到了裴然扭伤的脚腕上:"是不是这里?"

裴然下意识应道:"差不多。"

罗青山缓过劲儿,快步走进休息室:"裴然、裴然,你伤到哪儿了?骨头疼不疼?"

看到裴然腿上的伤,他深吸一口气,拿起手机:"我打一辆车,带你去医院。"

"不用。"裴然说,"没那么夸张,消毒就好了。"

"不行,还是得拍片,伤到骨头怎么办?"罗青山坚持。

"没伤着,只是扭了。"见他真打开了打车软件,裴然只好说,"你打了,我也不会上车的。"

罗青山指尖一顿,悻悻地关上软件。

他尴尬地看了严准一眼,严准在帮裴然敷冰袋,连头都没抬。

"严准,你怎么在这儿?"他撇开话题,扯了一下嘴角,"一千米跑完了?"

严准说:"嗯。"

"跑得怎么样?"

"随便跑跑。"

"没事,名次不重要,也没指望能拿奖。"罗青山随口说,"你们这些爱打游戏的都不怎么锻炼。"

裴然安静了两秒,见严准默认似的不说话,忍不住在罗青山说下一句前开了口:"他拿了第三,前两名都是体育生。"

严准的表情有了点变化,他扯了一下嘴角,拿起冰袋,用手掌把裴然脚腕上的水抹掉,再重新敷上去。

罗青山愣了愣:"啊?这样……恭喜。"

他心里还有许多疑惑,都体现在他紧皱的眉头上。他拿起纸巾擦了汗,然后朝严准伸出手:"谢谢你把裴然送过来,冰袋给我,剩下的我来吧。"

严准终于抬头,除此之外没别的动作。他看着罗青山,语气诧异:"你们不是绝交了?"

这话一出,气氛再次冷下来。

罗青山表情变化非常丰富,半晌,他笑了一下,故作轻松:"所以才需要一个好好表现的机会。"

严准反问:"我凭什么给你这个机会?"

罗青山满脸问号。

裴然听不下去了,把脚抽回来:"不麻烦你们了,一点小伤而已,我自己可以处理的。"

罗青山仍旧看着严准,眼神略微复杂。他正想开口询问,手机忽然响了起来。

是他们班长,让他赶紧回操场签名,不签名就等于白跑,成绩直接取消。

罗青山又问了几句才走,离开的时候一步三回头,满脸疑惑。

冰袋冻手,裴然象征性地随便焐了焐,诚恳地对身边的人说:

"今天谢谢你。"

严准"嗯"了一声,忽然道:"过来的时候,你踩了我好几脚。"

单脚走路很难,尤其刚摔那会儿,裴然双腿都疼,走得很不利索。

裴然跟他对视两秒,又低头看了一下严准的鞋。

白色限量款上有鞋印,铁证。

"抱歉。"裴然说,"我帮你洗吧。"

严准难得愣了一下,挑眉:"你帮我洗?"

裴然补充道:"送去洗衣店,那里也能洗鞋的。"

严准兴致消散:"不要。"

他看向裴然的手,非常漂亮的一双手,适合画画,适合弹钢琴,适合裴然。

严准心想,就算裴然真要亲手给他洗鞋,他也不舍得糟蹋。

裴然说:"那我用湿纸巾帮你擦一下?"

"别了,"严准收回视线,"就当你欠我一个人情吧。"

裴然很轻地皱了一下眉,口气坚决道:"我赔你一双,你这是什么款式?"

感觉到裴然态度的微妙变化,严准跟他对视良久,然后轻叹一声。

他转身从旁边的桌子上抽出纸巾,握住裴然的手腕,用纸巾在冰袋上蹭了蹭,然后随便在鞋上抹了一下。

"干净了,你不欠了。"

话音刚落,严准口袋里的手机连续响了好几声。

看到消息内容,严准才想起自己答应林许焕今天去基地陪他们打几场训练赛。

严准起身:"走吧。"

裴然抬头望他:"去哪儿?"

"送你回去。"严准说完,也不管裴然答不答应,抓着他的手就搭到了自己脖子上,"扶紧。"

裴然的宿舍很干净,舍友搬走后,他做了个大扫除,空气中还带着淡淡的水果香。

严准把他放下就走了,宿舍门都没关。

裴然也不着急,打开桌上的黑色袋子,心想刚刚应该问严准吃不吃水果的。

裴然艰难地走到洗手池,仔仔细细地削去桃子皮,刚要咬下第一口,门口又传来了动静。

严准去而复返,手里拎着一个黑色袋子:"拿着。"

裴然问:"是什么?"

"冰淇淋。"严准说,"你拿来敷脚。"

裴然笑了。

严准也不知道自己哪里戳到了他的笑点,盯着裴然看了良久:"笑什么?"

裴然笑着摇头,把袋子接过来:"谢谢,你要吃水果吗?"

"要。"严准看了一眼他手上的东西,"桃子?"

裴然"嗯"了一声,犹豫片刻,把桃子递了过去:"我洗过手了,干净的。"

裴然刚说完,严准忽然凑上来,低头咬着接过他的桃子。

他在裴然震惊的目光中咽下一大口果肉:"甜。"

几场训练赛结束,TZG教练的微信直接被刷爆。

"全是问我是不是把你骗来战队的,还说我阴险,藏着掖着不告诉他们。"教练冷笑,"真逗,我要是真把你搞来了,不得拿个扩音器去他们基地播报十遍八遍?"

严准靠在电竞椅上,正在跟别人对狙。三秒后,对方被他一枪爆头。

"漂亮!"教练靠在他电竞椅后头,"所以你怎么看?给不给我这个播报的机会?"

严准嗤笑一声,怎么今天谁都找他要机会?

"不给。"严准说,"你再叨叨,我就回去了。"

"别,屋子都给你准备好了,今晚睡这儿。"教练早就习惯了,"那你以后能不能经常过来给他们练练手?"

林许焕哀号:"别啊,一会儿给我打自闭了。"

教练说:"就是要把你打自闭,你才傲不起来,天天在直播间放骚话。我看你是嫌工资太高。"

"有什么关系……"林许焕嘟囔,"哥,那楼里几个人?"

打完训练赛,其他人都吃烤串儿去了,林许焕上火吃不了,只能留下来求着严准陪他打双人四排。

"四个,满编,我打倒三个,"严准换上步枪,"冲楼。"

一局游戏结束,他们被开挂的"神仙"狙击,吃了个鸡屁股。

严准觉得没意思,这游戏里"神仙"越来越多。他刚想关游戏,余光瞥见了某个在线好友。

他立刻点了"邀请"。

"不打了?哥?"见他没准备,林许焕问。

严准说:"不知道。"

林许焕问:"不知道是什么意思?"

严准:"看他理不理我。"

林许焕还想再问,游戏界面忽然多出一个人,这人穿着白色的原始服装,一看就知道是萌新。

"谁啊这是?"教练警惕地凑上来,"其他战队的人?"

他想不出谁能让严准说出这种话来。

这句话通过林许焕常年开着的麦克风传到了裴然耳中,听起来,严准似乎并不在宿舍。

他也不知道自己为什么大晚上的还要上游戏，看到严准发来的邀请，他下意识就点了"接受"。

裴然看了一眼身边穿得花花绿绿的陌生角色，问："拉错人了吗？"

"没有没有，没拉错。"林许焕忙说。

他在"197"的直播回放里见过这人，ranbaobei，严准的老板。

"你准备吧，然宝贝，我们马上开车，带你飞。"

进入游戏等待界面，林许焕把麦关了："哥，这是你老板吧？"

严准"嗯"了一声。

林许焕走到裴然的游戏人物面前："可我看他……好像也不是很有钱的样子啊，连时装都没用。"

严准懒得应他，开麦问："脚还疼不疼？"

裴然说："不疼了。"

"嗯，少走路，没用的课就翘了。"

林许焕："哥，你这是教坏老板啊！"

"你以为都是你？"裴然听见严准懒散地应身边的人，"我老板很乖，教不坏。"

电脑屏幕的光打在裴然脸上，他耳根浮现的淡淡粉色都被照得一清二楚。

裴然抿抿唇，忍不住喝了一口水。

林许焕他们最早知道严准去当陪玩时，都是震惊的。

他们还在私底下讨论过严准的价格，他们的突击手表示，严准强归强，性格却不敢恭维。不是说他脾气差，只是他不爱说话，冷，一百块一小时顶天了。

林许焕说的价格最高，他猜两百块——不过事后可能会被老板举报、拉黑一条龙。

两局游戏结束,林许焕彻底颠覆了之前的想法。

他亲眼看到严准把满配枪丢到 ranbaobei 面前:"裴然,加 Buff。"

山上枪声响得跟鞭炮似的,平时听见枪声跑得比谁都快的人,这会儿正跟在 ranbaobei 身后搜野区:"等他逛完这房子再去。"

最绝的是——

ranbaobei 死后,严准把杀他的队伍灭干净,然后掏出了一颗手雷。

自雷了。

自雷了。

自雷了……

林许焕目瞪口呆地看着眼前并排的两个盒子。

良久,他转过头,幽幽地发问:"哥,你……到底坑了人家多少钱?"

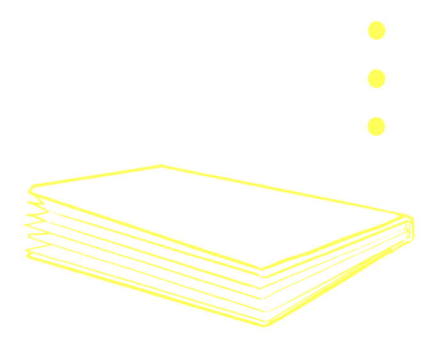

第三章

非与衣
The long wait

17

学校这两天运动会,没课,一到晚上,夜宵摊上坐的全是学生。

罗青山跷着二郎腿坐在长椅上,没参与饭桌上的话题。

他的酒杯被旁边的人碰了碰:"发什么呆呢你?"

罗青山抬抬下巴,拿起酒杯喝了一口:"没事,说到哪儿了?"

"他最近不都是这样。"好友给他倒上一杯,"来,喝,醉几次就好了。"

"别给他倒了,一会儿醉了谁扶他回去啊?"

"苏念啊。"

苏念就坐在罗青山对面,闻言,忍不住瞥了一眼罗青山。

罗青山看都没看他,只是摇头:"不用谁扶,啤酒而已,醉不了。"

过了一会儿,罗青山忽然迸出一句:"严准没来吗?"

桌上的都是同系同学,众人闻言都愣了愣。

"你喝糊涂了?"朋友诧异地看着他,"严准哪次来过?也就你生日那一回。"

"我倒是叫他了。"林康给自己倒酒,"他说有事,来不了。"

朋友拿着手机随便一刷,看到某条微博后惊呼出声。他把手机反过来给众人看:"这是严准不?"

是 TZG 突击手发的微博,内容是"训练结束吃烤串",照片右侧不小心拍进一个人，男生懒洋洋地靠在电竞椅上，侧脸线条非常优越。

热评里有人问他是谁。

突击手回复：我哥，不是青训生，别瞎猜。

TZG可以说是国内电竞的第一战队，尤其这两年，吃鸡、LOL两开花，话题度极高，打游戏的男生几乎都关注他们。

"还真是……"林康收回目光，摇头啧啧，"能让TZG的人叫他'哥'，严准真够牛的。"

"是啊，我要能像他这样，早打电竞赚钱去了。就他那张脸，就算打得不好，也照样能赚女友粉的钱。"好友想起什么，撞撞罗青山的手臂，"欸，你不是和严准打过游戏吗？牛不？"

罗青山莫名有些不想应。

他盯着照片看了几眼，喝了一口酒，笑了笑："游戏玩得再牛有什么用？"

"兄弟，都二○二○年了，你还说这种话？你知道那些职业选手一年签约费多少钱，赢一场冠军能拿多少奖金，一个代言能拿多少分成不？"林康乐了，"严准当初要是去打职业，肯定大有作为。"

"怎么，你有预知能力？"罗青山嗤笑道，"厉害的人这么多，哪轮得到他？"

"你不明白，当初TZG的教练都来我们学校堵他，我看见好几回了……"林康琢磨了一下，"你今儿怎么了？说话怪怪的。"

罗青山低头沉默了片刻，摇头："没事。"

饭没吃完，罗青山就觉得没意思，提前走了。

他找了个理由拒绝苏念同行，一个人回了寝室，路上，他忍不住拿出手机想给裴然发消息，打完字才想起裴然把他删了。

寝室里黑漆漆的，没人，罗青山打开灯，看了一眼严准的床铺。

桌上除了电脑和耳机，没有多余的杂物，跟它们的主人一样沉闷

101

无趣。

回到自己的座位上，罗青山顺手把电脑打开了。

他坐着出神，消息提示打断了他的思绪，是打游戏认识的好友，问他玩不玩吃鸡，三等一。

左右现在也睡不着，他登上游戏，顺手打开了好友列表，一眼看到了游戏中的 ranbaobei。

罗青山皱了一下眉。

裴然其实不太喜欢打这游戏，因为结束得太快，游戏体验不好。以前都是罗青山喊他好久，他才肯上一次线。

可最近，裴然似乎经常在玩。

罗青山思忖片刻，忽略掉右侧弹出的队伍邀请，退出去查了一下裴然的战绩。

然后他发现，裴然这段时间确实经常玩这游戏，放假那七天更是每天都上号。

而且战绩都很漂亮，漂亮得有些奇怪。

以前裴然的击杀数经常是零，偶尔会有那么一两个人头，总伤害也不高。

但是，一行战绩看下来，竟然有不少"前十名""吃鸡"的标志。

罗青山喉结滚了滚，点进他的详细战绩，看到了裴然队友的 ID。

几乎每一局，都有"111GOD"。

111GOD 不在的唯一一局，是他前段时间邀请裴然的那一局——而在那局游戏结束后，111GOD 又出现了。

罗青山不敢相信，一局一局点开战绩确认。

直到翻到自己约严准和苏念打四排的那一局。

他静坐片刻，一下拿过桌上的手机，从微信好友里找出舍友的聊天框。

罗青山：你也在打吃鸡？跟谁玩呢？带我一个。

不知过了多久，对面才回复。

严准：不带。

罗青山：不是吧，这么绝情？

另一边，林许焕的喊声响彻基地："然宝贝！然宝贝快跑啊！你后面好多人！跳着跑！快，来我这儿，来我这儿！我保护你——哎不是，你去我哥那儿干吗？"

严准看着朝自己跑过来的人，很轻地笑了一下，灭掉这个队伍后才拿起手机敲字。

严准：嗯，没你位置。

严准在TZG基地连住了几天。

这群人上了瘾，非要让他多陪打几天训练赛，严准看在他们安排的房间够大，又够安静的分儿上，勉强点了头。

休息日这天，林许焕拽他出门吃晚饭。

TZG的基地和严准的学校离得很近，过条马路就到——这地段住宅便宜，周围又没有太多娱乐设施让队员分心，再适合不过。

经过一家电脑维修店，严准随意往里瞥了一眼，脚步紧跟着停了下来。

"修理大概需要多少钱？"裴然看着自己的电脑，问。

老板摸了摸下巴："不贵，也就……三千多、四千块吧。"

裴然点点头，刚要付订金，就听见身后传来一句："电脑怎么了？"

裴然一回头，看到了严准。

严准戴着帽子，帽檐下的眼睛懒散垂着："坏了？"

裴然"嗯"了一声："不小心摔到地上，键盘坏了。"

"然宝贝！"裴然刚说完话，林许焕就瞪大了眼。

裴然被叫得一顿，怔怔地看向他。

"是我啊！我！就那个……你焕哥！"

林许焕的游戏 ID 就叫"nihuange"。

裴然的声音太好认了，声调不轻不重，听得人心里舒服，林许焕一听就知道是他。

严准看向老板："你刚刚说，换键盘要多少钱？四千？"

他脸上没什么表情，却看得人心里一怵。

"四千！"那老板还没说话，林许焕就先炸了，"你要给他安什么键盘啊？黑轴？定制键帽？还是要设计个专属 ID 上去？"

裴然目瞪口呆地看着林许焕骂骂咧咧地从老板手上夺过自己的电脑，一边念叨着"黑店"，一边往外走。

"以后别来这家店。"严准把他叫回神，"坑钱的。"

他们身前的老板："……"

裴然很轻地点头："哦，好。"

"走吧。"严准自然地说，"一起吃个饭。"

到了餐厅，林许焕都还忍不住在骂那家店的老板。

"就是你看着太好骗了。"林许焕说，"你刚刚该不会准备付钱了吧？"

裴然说："我不太了解这方面的价格。"

林许焕摇头："啧啧。"

也是，请得起严准当陪玩，一看就知道不是计较这点小钱的主。

不过裴然的模样倒是让林许焕非常意外。他原以为裴然是个挥金如土、爱打游戏、声音好听的普通宅男。

可他看到裴然的第一眼，就觉得这人特别……特别什么呢？

初中便辍学打电竞的林许焕有些词穷。

他看向裴然时，对方正低着头，仔仔细细地把碗筷在热水里浸了一遍。

纤细白皙的手指跟瓷勺上花花绿绿的老土图案格格不入。

林许焕忽然就想到了。裴然身形出众，背脊挺直，像只鹤静静立在那儿，周身的气质把邋遢凌乱的维修店都衬得高级许多。

林许焕身边没这样的人，他感到好奇，忍不住挪动椅子往裴然那边靠了靠。

"然宝贝，你真名叫什么？"

裴然报上自己的名字。

"好听！"林许焕又问，"你跟我哥一个大学？既然是同学，我哥接单时有没有给你打折啊？"

裴然想了想："有。"

应该是有的吧。

"打了几折，多少钱？"林许焕问。

"关你什么事？"严准打断他们的对话。

他摘了帽子，发顶有些乱，配上他冷淡的表情，有一种奇怪的可爱。

裴然不自觉地盯着他那几根乱发，然后跟恰好望过来的严准对上视线。

"腿好了没？"严准问。

裴然"嗯"了一声："前几天就好了。"

严准说："让我看看。"

裴然："……"

见他不说话，严准挑起眉。

裴然先是看了一眼林许焕，然后又下意识看向严准，刚要开口拒绝，就见严准抬起嘴角，笑了。

"我是让你把裤腿撩起来看看。"严准说。

18

　　林许焕两手撑在桌上,闻言探了探身子:"你腿怎么了?"
　　裴然摇头:"没事,之前运动会摔了一跤。"
　　腿上的伤虽然好得差不多了,但为了避免感染,裴然这几天都穿着宽松的七分裤。
　　严准垂着眼,盯着裴然腿上结痂的疤,几秒后,裴然很不自然地把裤腿放下。
　　"结痂了。"严准说。
　　"嗯,"裴然说,"都会这样,过一阵就好。"
　　严准没说什么,只是收回目光后,眼前还晃着那块疤。
　　林许焕也算是半个公众人物,他微博粉丝比不少小明星都要多,出个门全副武装,口罩帽子都戴着。出门前教练还损他,让他放心,说跟严准站一块儿他就像个小破助理。
　　不过安全起见,教练还是给他订了一个包厢。
　　林许焕掏出烟,严准朝林许焕摊开手掌。
　　林许焕愣了一下,把烟盒都给了他。
　　严准接过来,把手里的烟塞回去,盖上,丢到一边。
　　"你教练让我看着你。"严准眼皮都没抬,"别抽了,有害健康。"
　　林许焕表情丰富,他们基地有规定,抽烟被抓到得罚款。他没想到自己好不容易溜出来一次,还是碰不着烟。
　　而且——
　　"不是,哥,要是别的人说我也就算了,你?"林许焕说,"你以前的烟灰缸可都是我给你倒的,现在知道它有害健康了?"
　　"你话怎么这么多?"严准说,"交罚款,就给你抽一根。"

林许焕气得抱臂："不抽了不抽了。"

服务员敲门进来，递来一本菜单。

严准的手机在这时候响了，他看了一眼来电显示，起身："出去接电话，你们点。"

"你要吃什么？我们帮你点上。"林许焕问。

"随便。"严准瞥了一眼裴然的腿，"不要海鲜。"

门关上，林许焕翻开菜单："然宝贝，想吃什么？"

他们连续几个晚上一块儿打游戏，裴然已经习惯他这么叫自己了。

"都可以。"裴然顺手把严准碗筷的塑料袋拆开，放进热水里烫。

"我们这儿的青椒鸡是招牌菜哦。"服务员说。

林许焕摇头："不行，他有伤，吃不来辛辣的……"

"我没关系，我可以吃其他菜，你们不用顾及我。"裴然忙道。

"不是，"林许焕抬头笑了一下，"我哥也碰不了辣，一点都不行，他胃不好。"

点完菜，服务员退了出去。

裴然来回抿了几次唇，跟林许焕闲聊几句后，偏过头问："严准是胃病吗？"

林许焕用热毛巾擦了擦手："是啊，老毛病，以前天天跑医院。"

裴然问："为什么，他没好好吃饭？"

林许焕莫名觉得这句话很好笑，转头看到裴然认真的表情后，他就更想笑了。

这事不是什么说不得的秘密，基地里大多数人都知道。

而且他直觉他哥对裴然不一般，他们一块儿打了几天的游戏，他就没见严准对谁这么照顾过。

林许焕想了想，又丢出那个问题："我哥陪玩收了你多少钱？"

裴然诚实道："二十块。"

林许焕:"……"

裴然眨了一下眼:"是不是少了?"

林许焕喝了口茶,缓了缓。

他要怎么跟裴然说,他教练去年给严准开的年薪非常高,而且不包括比赛、活动、代言的分成。

林许焕心里有底了,放下茶杯:"他是没好好吃饭。我哥以前其实打过一段时间的青训,那会儿是暑假,跟我一块儿入的队。

"那段时间他经常一天一顿,说是吃太饱了容易困,影响操作……这样当然不行,没一个月胃就出毛病了,他开始吃不下东西,吃了就吐。当时我们都没在意,因为我们这一行,昼夜交替,天天通宵熬夜的,有点小毛病很正常,让他去医院他也不愿意,就随便吃了点胃药。

"结果有一天,他就疼得走不动路了,最后是被120扛出去的。后来他爸妈来了,一顿折腾……总之就是不让他再打电竞了。"

林许焕吁了一口气,调节气氛笑了一下:"我到现在都还记得他爸对他说的话。"

理智告诉裴然,别打探别人的隐私。

他忍了又忍,然后问:"说了什么?"

"说——'这种行业有什么前途,连家里的花园都比你们比赛的场地大'。"林许焕说完,自己都乐了。

裴然:"……"

严准接完家里的电话回来,一推门就听见这句话。

"嚼什么闲话?"严准经过林许焕身后时,用烟盒轻敲了一下他脑袋。

"我哪有!"林许焕立刻装模作样地捂住头,"是然宝贝,问我你胃怎么坏的。"

严准一顿，拉开椅子坐下。

裴然第二次背后议论别人被当场抓获。

议论对象还是同一个人。

"没他说的那么夸张。"严准道。

裴然下意识看向他："嗯？"

"只是胃病，死不了，花园也没比场地大。"严准没什么表情，问他，"洗好了？"

裴然愣了一下："什么？"

"我的筷子。"严准提醒他，"你浸三遍了。"

裴然把筷子递给他，一脸镇定地解释："餐厅里的筷子挺脏的。"

"嗯。"严准瞥了一眼他绯红的耳根，随意应和他，"洁癖，理解。"

吃完饭，林许焕抱着裴然的电脑走出餐厅。

"我拿回去让修理师帮你换个键盘，修好了再给你还回去。"

裴然一愣："不用，我可以去别的修理店看看。"

"别的维修店能有我们那儿的好？"林许焕说，"放心，一定给你换个好的。"

裴然犹豫了一下："谢谢，那修理价格你再通过微信告诉我吧。"

林许焕摆摆手："都是小钱，我们有赞助商的。"

"不行。"裴然坚持，"钱还是要付。"

林许焕还想再跟他掰扯掰扯，严准就接过了话头："嗯，到时候把价格发给你。"

裴然说："好。"

严准把帽子戴上，露出一双眼睛："要回宿舍？"

"对。"裴然想起什么，"我电脑的密码是feiyi。"

林许焕记在备忘录里："你这密码是什么意思？女朋友的名字啊？"

"不是，我没有女朋友。"裴然看了一眼表，"那我先回去了？今晚还有作业要赶。"

"行，有空我们微信聊。"林许焕笑眯眯。

裴然刚转过身，衣服就被人扯了一下。

"等等。"严准扫了一眼周围，然后对他说，"站这儿等我。"

几分钟后，严准拎着袋子从药店出来。

他把袋子塞进裴然怀里："一天三次，痒也别挠。"

裴然打开袋子，里面足足有五管同一牌子的药膏。

裴然愣了一下，看看药膏，又抬头看看严准。

他这模样莫名有些呆，严准同样看着他，半天没说话，良久才说："男孩子留疤不好看。"

直到回了寝室，裴然才觉得这话有点不对。

男人身上留点疤不是很正常吗？女孩子才应该担心这些吧。

他边想边皱眉，慢吞吞地把衣服换了，洗了个苹果当饭后水果，然后坐在椅子上屈起腿，涂严准刚给他买的药膏。

严准没跟林许焕回基地，他有点东西要回寝室拿，时间太晚也懒得再去，干脆在学校住了一晚。

寝室门开的时候，严准刚把键盘从电脑上卸了。基地里的设备他用得不顺手，下个月有比赛，严准答应了这几天要帮他们打训练赛，当然要保持最好的状态。

罗青山见到他在，先是愣了一下，很快又回过神来，把篮球随手丢到角落。

两人谁也没开口，宿舍里一贯沉默，严准话少，罗青山以前也不怎么凑上去找他聊天，这种安静是常态。

但今天隐隐约约有些不同。

"严准。"不知过了多久，身后传来舍友的声音，"你知不知道学校附近哪儿有洗衣店？我想洗洗鞋，这段时间一直在练跑步，鞋面都黑了。"

严准头也没回:"不知道。"

"啧,够脏的。"罗青山跷着二郎腿,看了一眼严准,又低头看自己的鞋,"这要是让裴然看见了,还以为我不珍惜他送的东西。够呛。"

严准熟练地把连接线缠在键盘上,塞进包里后,终于回头扫了一眼。

黑白款的鞋子,大方,没什么复杂的纹路,是裴然会挑中的款。

"学校后门右拐有一家。"严准说。

"行,谢了啊。"罗青山笑笑,"这鞋是两年前的限量款,裴然当时正好出国,在店外排了一晚上的队才买着。"

严准垂着眼,把背包的拉链拉上,发出一道干脆的响声。

"后来他还被吹感冒了,回来病了两天。"罗青山说。

严准把那顶帽子挂进衣柜里,又拿出一顶黑色的帽子,塞进背包一侧。

桌上的手机就在这时振了振。

裴然:早上可以喝一杯牛奶,养胃的。

裴然:谢谢你的药。

严准嘴边紧绷的弧度瞬间放了下来。

他拿起手机,扯下毛巾朝浴室走去,迈了两步才停下来看身边的人,仿佛现在才意识到对方在说话。

他问:"我记得,裴然把以前收的东西都折现还你了?"

这是某次罗青山喝多了,说醉话时被他听见的。

罗青山忽然被打断,张着嘴没声儿了。

严准脸上明明没有表情,罗青山却莫名品出几分讥诮来。他飞快地眨了两下眼,刚要说什么——

"既然这样,他送给你的,你也该还回去才体面。"严准挑了挑嘴角,给了他一个没什么感情的笑,"当然,这只是我的建议。"

19

裴然做完作业已经是深夜,他起身把咖啡杯洗了,临睡前,顺手刷了一下微博。

他已经很久没登微博了,上面有几百条未读私信,很多是找他约稿的。

裴然高中时曾接过几幅商稿,他喜欢尝试不同事物,也在那会儿就领略过甲方的严苛。几张稿子画完,他的粉丝量涨到了六万,不过他在上大学后就没再接过了。

他粗略扫了一眼私信,正想发条不接稿的声明,就被一条私信预览吸引了目光。

TZG 赛高:太太接私稿吗?我想画一张林许焕……

是林许焕的粉丝,消息前面还发了几张林许焕打游戏时的照片,头发很短,看起来年代久远。

非与衣:有什么要求?

对方"秒"回。

TZG 赛高:啊啊啊啊!

TZG 赛高:没有要求!没有要求!就是……稿费大概需要多少呀?

非与衣:你平时约的是多少?

TZG 赛高:我上一幅约的是八百块钱……

TZG 赛高:啊啊,我不是让太太按八百块给我画的意思!我知道太太的画很贵!就……我是个学生党 QAQ[①],实在开不起太高的价格。您说个价格,合适我就约,不合适,我就默默当您的小粉丝。我

[①] 哭脸表情。

真的真的非常喜欢您的画!

裴然的画确实贵,他最后一次接商稿时,稿费都上万块了。

裴然长按图片,把林许焕这几张照片存进了手机里。

非与衣:谢谢,那就八百块。方便给个联系方式吗?

记下对方的联系方式,裴然关了私信,发了个声明不接稿的微博后,关机睡去。

他再接到林许焕电话时是周末。

"然宝贝,你的电脑修好了哦。"林许焕问,"什么时候有空过来拿?还是我让人给你送去?"

"我自己去拿就好。"裴然拿出纸笔,用脸和肩夹着手机,"方便说一下地址吗?还是你放在保安室?"

"别,你直接来基地,可以顺便过来找我玩儿啊。"电话那头有点吵,林许焕语气匆忙,"那就这样啊,我要去点外卖了,地址我发你微信上。"

裴然吃完早餐时,林许焕还没把地址发来。

会不会是训练忙忘了?

裴然想了想,刚准备打开微信给对方留个言,消息就来了,是一条语音。

"然宝贝你等等啊,我哥一会儿去接你。"

语音结束的那一秒,严准的语音电话打了过来。

裴然点了两下才点到接听键。

"吃早餐了?"严准声音有些哑,听起来像是刚起床。

"吃了。"裴然问,"你呢?"

严准说:"过去再吃。你上午有事吗?"

"没有,今天周末,我都有时间。"裴然看了一眼时间,"不然你再睡会儿?"

街边传来一道短促的鸣笛声，严准说："我快到你校区门口了，收拾好就出来。"

挂了电话，严准单手插兜，垂下眼继续看微信群里的聊天。

TZG 现役队员都是二十岁左右的男生，话多，闹腾，不训练的时候群里轻轻松松上百条信息。

今天群里的话题，是裴然。

严准二十块钱陪玩的事，被林许焕那臭小子知道了，回基地没两小时就尽人皆知。

你突击手哥：@严准，我出五十块，人家也想要你的满配 M416。

你狙神哥：@严准，我出八十块，也不用你干啥，你当靶子让我杀几局。

一枪击中姐姐心脏：@你林许焕哥，你确定他老板不是漂亮妹妹？

你林许焕哥：不是漂亮妹妹。

严准冷嗤一声，敲字。

严准：@TZG 教练勇哥，他们的烟藏在一楼大厅花瓶里，去缴了。

TZG 教练勇哥：好。

群里瞬间被问号刷屏。

你林许焕哥：哥？我这么信任你，你这样对我？哥？

严准：知道今天是什么日子吗？

你林许焕哥：什么日子？

严准：一年一度的 TZG 基地禁烟日。

你林许焕哥：我怎么不知道有这节日！

严准：今天刚设立的。

严准把手机揣进兜里，一抬眼就看到了裴然。

裴然走得很急，校区大门离宿舍有一段距离，他稍微有点喘："等很久了吗？"

"刚到。"严准转过身,"走吧,不远。"

裴然跟上去,走了两步,掏出口袋里的东西递给严准。

"不知道他们基地里有没有牛奶,"裴然说,"我就带了一瓶,一会儿你搭着早餐喝吧。"

TZG基地,人们刚闹腾了一阵,这会儿都围坐在客厅吃早餐。

大门打开,众人齐齐抬头,就看见严准慢悠悠走进来,脸上一如往常地冷漠,手上还拎着一瓶没开盖的牛奶。

严准身后跟着另一个男生,穿白色T恤,神色温和,男生朝他们点了点头:"打扰了。"

"然宝贝!"林许焕立刻朝他招手,"来吃早餐!"

裴然忙说:"我吃过了。"

林许焕"哦"了一声:"那你坐着等等?我吃饱了再把电脑拿给你。"

身为电竞"贵族战队",TZG的基地非常豪华,客厅的沙发又大又舒服,队员们都喜欢把沙发这一块当作餐厅。

两侧的单人沙发都有人坐了,严准走到林许焕身边:"过去一点。"

林许焕挪出一点位子,严准坐下来,抬起眼皮跟裴然对视,然后点了点自己身边的空位。

裴然慢吞吞地坐下,手脚规规矩矩地放着,没说话。

左侧坐着的男人拿起装着白开水的玻璃杯,对着严准做了个干杯的姿势:"我刚缴了他们四包烟,罚了两万块,一会儿给你转举报金。"

"稀罕。"严准不咸不淡地笑了一下,"省了,没东西能跟你碰。"

"你不是带了瓶奶吗?"教练皱眉,纳闷道,"你今天转性了?你不最讨厌喝这玩意儿吗?"

裴然背脊贴在沙发上,闻言愣了一下。

严准用吸管戳开牛奶,跟他碰了碰:"嗯,说是养胃。"

裴然:"……"

他发现在这里,严准十分放松,话也变多了。

严准和战队的人似乎都很熟,队员都叫他"哥",聊的时候偶尔还损他两句,他都随着他们去。

"这位就是我哥传说中的老板吧?"

忽然被提到,裴然下意识坐直:"不是,我不是他老板,我们是校友。"

那位队员点点头,指着严准:"给他上那什么奇怪Buff的不是你?"

裴然说:"是我。"

另一个问:"他陪着逛遍野区小房子的人不是你?"

裴然说:"是我。"

"让他跟着自雷的不是你?"

裴然:"是我。"

一个人忽然站起来,朝裴然伸出手:"老板、老板,握个手……冒昧问一下,你买了他多少个小时?有剩余时间不?我用五倍价格买回来,行吗,老板?"

手还没伸到裴然面前,就被严准一掌拍走:"起开。"

那人笑嘻嘻地说:"然宝贝,具体的我们微信细聊啊,我晚上拿林许焕的微信找你。"

"那不行,我晚上要跟女粉丝互动。"林许焕顿了一下,"当然,你给我转点儿租金……"

"嗯,我现在就把你微博小号爆出来,让别人看看世界冠军天天在小号追女偶像。"

"你……那老子就曝光你的手机壁纸是女主播!"

两人你一句我一句地撑起来,最后发展到要去《连连看》SOLO①的地步。

"走!你过来!"林许焕气势汹汹。

"谁怕谁!先说好,五局三胜,输的去微博发丑照!"

训练室就在一楼,四周是透明玻璃,直到他们进入第一场《连连看》,裴然才想起自己忘了问林许焕要电脑。

其他队员也慢悠悠地回到了自己的位子,教练在这时站了起来:"严准,跟我上楼一趟,商量一件事。"

教练表情严肃,一看就是要谈私事。

严准道:"不能在这儿说?"

"不能。"教练干脆地说。

裴然刚想让严准别顾虑自己,严准就从沙发上起来了。

"去训练室找林许焕,让他给你开台机器先玩着。"姿势方便,严准很自然地抬手摸了一下裴然的头,很快又挪开,"等我下来。"

裴然走进训练房时,林许焕刚输了一局。

"再来。"余光瞥见裴然,林许焕顺手拽了一把椅子在自己旁边,"然宝贝,来,坐着看我血虐②他。"

裴然依言坐下。

林许焕连得没别人快,嗓门儿倒挺大,裴然默默地看他们玩,最终还是没忍住,抬手揉了一下耳朵。

这场《连连看》对决在第三局就结束了,林许焕连着输了三局。

"还对对星座,丢人。"突击手嘲讽一笑,"快点发丑照。"

林许焕气得要死,但还是愿赌服输,他拿起手机:"发就发,你

---

① 电子游戏术语,指一对一决斗。
② 指在电子游戏里让对手输得很惨。

等老子拍一个……"

他摁了两下手机,屏幕都没亮,没电了。

"你故意的吧?一会儿教练下来就该打训练赛了,我看你就是想拖时间,等夜深人静再发。"

"拖个头!老子微信、微博都登在电脑上,你等着。"林许焕白他一眼,然后道,"然宝贝,你用手机帮我拍个照,然后发到我微信上,我手机一时半会儿开不了机。"

裴然打开拍照功能,林许焕娴熟地摆出一个鬼脸:"多拍几张,我好挑一挑。"

"好。"裴然说。

拍完照片,裴然把手机递给林许焕挑,就听见身后传来动静,楼梯下来了两个人。

教练还在对严准说什么,模模糊糊听不清,裴然回过头去看,严准很轻地抿着唇,没说话。

这时,林许焕手一快,不小心多滑了一下手机屏幕。

直到靠近休息室,严准才终于开口:"暂时还不考虑,以后再……"

"我天!"

林许焕忽然大叫一声,打断了严准的话。

所有人都下意识看向他。

林许焕眨眨眼,激动地拿起裴然的手机,把屏幕翻到裴然面前,震惊又欣喜:"然宝贝!你竟然存了我这么多照片!你是我的粉丝吗?之前怎么不说?这么久远的照片,我自己都找不到了,你竟然还有……你是不是崇拜我很久啦?"

刚走进训练室的严准脚步一顿。

20

裴然愣了一下，他自己都忘了这茬了。

林许焕努力回想一番，然后深吸一口气，满脸感动："这、这好像是我刚打完青训，还在打替补那会儿……然宝贝，原来你藏得这么深。"

裴然说："不是……"

他话还没说完，肩膀就被人轻轻擦过。

严准走到林许焕跟前，抽出他手里的手机："不要乱翻别人的手机。"

林许焕很冤："我又不是故意的，我不知道他帮我拍了几张，顺手就滑过来了。"

严准没搭理他，把手机递给裴然。

裴然伸手想接，但对方手劲有点大，他竟然一下没能拿过来。

严准垂着眼，又看了照片两眼才松手。

得知裴然是自己的铁粉，林许焕忍不住挺直背脊，抬手就给自己头发抓了个造型："然宝贝，以后你别找我哥陪玩了，你直接来找我，我免费带你玩，开直播都带着你。"

裴然想了一下该怎么解释。他在网上接商稿的事是秘密，他没跟任何人说过，那微博对他来说算是一个二次元小马甲。

"行了。"教练忽然开口，"先去打训练赛，那边房间已经开好了，快点儿，今天打自定义，我约了几个战队。"

严准淡淡道："约了其他战队，我就不掺和了。"

"没，还算上了我们青训队，特地给你留了个位置。"教练上来搭着他的肩，"那三个小子是我最看好的，你给我把把关。"

严准说："我多久没打训练了，把不了。"

"别说这些虚的,你把不把得了,我心里清楚。走,帮个忙,我跟他们说了你要来,他们昨晚全都多训了两个小时……"教练拿起手机一看,"都在催我了,快快快,别让其他战队等你们。"

林许焕赶去比赛房前还给裴然留了一句"然宝贝,我一会儿送你一套签名设备",然后没等裴然回答就被队员推着走了。

严准被教练搭着肩往前走了几步,忽然回过头:"能等我吗?"

裴然原本想的是把电脑带回宿舍,然后去看一场电影,影片他已经提前选好了,一部极富现实意义的电影,上映两天口碑极佳,裴然很心动。

严准沉默两秒,又说:"不会太久。"

裴然在脑中取消观影计划,把手机放回口袋:"知道了,训练赛加油。"

教练顶着脑门上的几个大问号,哥儿俩好地勾着严准的肩,走出一段路后,才问:"什么情况,他难道跟你有点亲戚关系?"

"没有。"严准说,"帮我照看一下人。"

"知道了,他还能跑了不成?"到了比赛房门口,教练拍拍他的肩,"好好打。"

裴然被带到了休息室,房间里有一个大大的屏幕,可以用来做数据分析,也可以观战。

几瓶不同牌子的饮料和饼干被放到他面前。

教练笑着说:"不知道你喜欢吃什么,都拿了一点,这群臭小子就喜欢喝碳酸饮料。"

裴然道一声谢,拿过一瓶矿泉水。

教练拿着遥控器鼓捣了一阵,屏幕亮起来,上面显示出吃鸡的游戏画面。

TZG 战队两个队伍跳伞后,教练拿出了笔记本,随时准备挑队员的毛病。

基地里有两间比赛房,其中一间热火朝天,要不是房子隔音好,吵闹声都能传到隔壁戴着耳机的另一队青训生耳朵里。

"我哥他们会跳哪儿?"林许焕叽叽喳喳地问。

"谁知道呢,不过青训队一般都打得保守,可能在零散一点的野区吧。"

平时打游戏,打得好的玩家都喜欢跳能刚枪的地方。但比赛不同,圈中的野区几乎都有战队降落,一不留神就会碰面。

林许焕看了一眼地图,准备飞向指挥标的小野区,界面忽然跳出提示。

"TZGmoxie 以 AKM 击倒了 XPP-hot。"

"TZGmoxie 以 AKM 爆头击倒了 XPP-youxiang。"

"TZGmoxie 以 AKM 爆头击倒了 secret_happy。"

比赛房里沉默了一会儿。

落地后,队友问:"默写的号是……"

"嗯……是严准在上。"林许焕皱着眉头搜野区,"我哥真疯,我还没落地,他就跟两个队伍碰上了……他们肯定跳了机场。"

林许焕搜完一个野区时,严准已经淘汰了六个人,机场的两个队差不多都是他一个人灭的。

"猛男,大猛男。"林许焕感慨,"不愧是我哥。"

到了半决赛圈,只剩下六个队伍,确切来说,是五个队伍和一个人。

TZG 青训队的三人早已成盒,只剩下严准自己。

他找了一处房区,蹲在墙角卡视野打药。

"哥、哥,是你吗,哥?"林许焕开了全体麦,声音传到了严准耳机里。

林许焕是看着严准进这个野区的,只有一个人,身上穿的又是默

121

写的时装,他一眼就能认出来。

林许焕狙了几枪,没狙死,干脆带着队友下来堵人。

严准没搭理他,开始寻找他们的方位。

林许焕这边只有两个人,另外两个还在后面的野区。

"要不等他们来了再冲楼吧?"队友道。

"没事儿,"林许焕说,"我们二打一,应该能打过,而且我哥跟我关系好,肯定给我放水。"

两分钟后,二人双双被严准打倒在房外,狼狈地跪着。

严准二话不说把人补射死,转身想走。

"哥。"死都死了,林许焕闲着没事,开麦跟他唠嗑,"你就这样无情击倒了喜欢你多年的小粉丝,好残忍,好凶暴,我好喜欢……"

林许焕话还没说完,一颗新鲜的手榴弹在地上弹了两下,不偏不倚地滚到了他还未消失的"尸首"上。

"嘭"的一声,他躺平在地的游戏人物被炸得翻了个身。

林许焕:"……"

队友说:"关系是挺好,再熟一点都要跟你真人PK了。"

第二局,队友想玩刺激的,跳了机场,林许焕刚落地没两分钟就被严准打倒,严准没补射他,往他脸上扔了颗雷后转身离开,一眼都没看身后的爆炸。

第三局,林许焕是被其他战队的人打倒的,他连忙爬到房子后面,眼见就要被队友扶起来,"砰"的一声——严准在远处用Kar98k一枪收掉了他。

第四局……

第五局……

训练赛结束,林许焕摘了耳机就往隔壁冲。

"哥,你为什么老搞我啊?你还鞭尸……"林许焕说,"我这儿有三个人，你都要冲上来搞我！"

最气的是，他们三个人在一块儿都没针对过严准，却被对方一颗手雷收掉两个。

严准摘了耳机，在青训生紧张又崇拜的眼神中起身。

"时装。"他说。

林许焕满脸问号。

"你穿的时装太丑了。"

林许焕满脸问号。

严准没再搭理他，转身离开比赛房，朝复盘室走去。

裴然是第一次看《绝地求生》的比赛。

训练赛比正式比赛要随性得多，也更刺激一些，教练大多时间都在看严准的视角。

门被推开，严准满脸平静地走进来。

"今天也是零失误，漂亮。"教练毫不吝啬地称赞。

"你不看自己队员的视角，看我做什么？"严准在裴然身边坐下。

"我是想看队员来着，可惜那帮青训生死得太快。"教练小声嘀咕，"感觉还是差一点儿……"

严准没应，低下头，看见裴然正双手捏着一瓶矿泉水。

感觉到他的目光，裴然把水往他那边偏了偏："喝吗？还没开过。"

严准接过来，没急着拧开。他问："看训练赛了？"

"看了。"裴然顿了顿，"你很厉害。"

这句场面式的夸赞显然没让严准满意，他抿抿唇，拧开水喝了一口。

其他队员陆陆续续走进休息室准备复盘，没多久房间就坐满了人。

裴然刚觉得不自在，严准就说话了。

"你们慢慢复，我们在这儿不方便，回去了。"

"没什么不方便。"教练想留他。

严准道:"走了,裴然。"

"哎,等等。"林许焕连忙说,"然宝贝,我还没送你设备呢,你等会儿,我去仓库拿。"

裴然赶在林许焕上楼之前把他叫住了。

林许焕说:"怎么啦?你别不好意思,设备是赞助商送的,逢年过节都送我们几套,用都用不完。"

裴然不想暴露自己二次元的事,但他更不可能冒领那个粉丝对林许焕的热情与喜爱。

"这照片是别人发给我的。"他解释,"是你的粉丝找我约稿,想让我画你。"

林许焕起先还愣着,接着就是对裴然崇拜:"你是艺术生?果然,我一看你就知道你肯定是学这方面的,你接过很多稿子吗?是不是经常有人找你画我?"

裴然说:"只有这一次。"

林许焕:"……"

休息室里的队员都笑了,还有人骂他不要脸。

"你们懂什么,然宝贝一看就画得特别好,一幅画贵着呢!再说,喜欢我的都是小妹妹,哪有钱约这玩意儿。"说完,林许焕咳了一声,凑到裴然那儿问,"然宝贝,我们都这么熟了,你可得给我粉丝打个折……你多少钱接的稿子啊?"

裴然欲言又止。

林许焕说:"你放心说,高了也没事,我值那个价。"

裴然说:"八百块。"

林许焕:"哦。"

战队助理进来的时候,林许焕正在跟人干架,嘴里还念叨着"你才便宜""你看不起八百块""你倒贴,粉丝都不要你的画"。

"笑什么呢？"助理把手里的盒子放到桌上，"赞助商送礼物来了。"

林许焕停下动作："是啥？"

"周边。"助理打开盒子，拿了一个周边挂件吊在手上。

挂件是一双粉色的球鞋，拇指大小，款式是赞助商新出的，细节做得非常漂亮。

"这么小，还是粉色的。"林许焕皱起脸，"我不想戴。"

"什么颜色都有，你们自己过来挑，挂在外设包上很好看的，还可以拿去送给女朋友。"助理回头道，"准哥，要走了？我也给你拿了一个，你要什么颜色的？"

林许焕边挑边笑："得了，我哥对这些不感兴趣——"

"白色。"严准淡声问，"有吗？"

两人离开基地后走出很长一段路，没人开口说话。

裴然是不知道说什么，严准走得很慢，应该是刚打完训练赛，有点累，自己也索性不开口。

脸颊拂来一阵凉意，裴然愣怔地仰起头。

空中不知何时飘起了毛毛雨，雨滴细碎，淅淅沥沥。

这种雨不影响正常出行，街上的路人面色如常地行走着，最多只是加快了脚步。

裴然正专注地看着空中的雨，突然觉得有什么东西覆到了他头上，眼前也被帽檐挡去了大半风景。

他下意识伸手去摸，摸到了严准的黑色棒球帽。

严准垂着眼睛，只跟他目光相触了两秒，然后伸手帮他调节帽檐的位置。

棒球帽带着严准的气息，像飘着的雨，冰凉却温柔。

裴然回神："不用，雨不大。"

严准说："戴好。"

裴然："……"

他们走在雨间，裴然被帽檐挡了上方视线，为了获得更多视野，他下巴不自觉地微微仰着。

他丝毫没察觉身边的人，一直在垂眼看他。

走到该分开的路口，裴然停下来："今天谢谢你送我去基地……"

"裴然。"严淮打断他的话。

裴然看向他："嗯？"

严淮比裴然高，帽檐的缘故，裴然跟他说话要费力地抬头。

严淮抬手，把帽檐稍微向上折了点。

他说："手。"

裴然还有点蒙，下意识把手伸出来。

他掌心里多了一个白色的小球鞋。

21

雨幕给两侧的广玉兰覆上薄纱，校园小径人不多，裴然拎着电脑慢吞吞走在路上，右手轻轻握着，里面是他刚收到的小挂件。

手机急促地响了一下。

严淮：走快一点。

裴然一愣，下意识转头去看，只看见两对并肩撑伞的小情侣。

裴然：你还在吗？

严淮回了一条语音，裴然放到耳边听："猜的，你平时走路很慢。"

裴然抿了抿唇，默默把手机放进了电脑包里。

"裴然？"

裴然转过头去，看到了苏念。

苏念跟另一个男生比肩而立。

苏念看了他一眼,愣了一下才问:"下着雨,你不打伞?还有你的脸……怎么这么红?"

裴然脸是红的,语气却一如既往地镇定:"有事?"

"哦,没事,只是打个招呼。"苏念顿了一下,"对了,之前惹你不高兴是我的问题,既然遇见了,我再给你道次歉……"

"不用了。"裴然问,"林康没帮我带话给你吗?"

苏念笑了:"带了。我知道你当时在气头上,没在意,你不生气就好。"

裴然皱眉,不想再跟他多说,转身便要走。

"哎,你等等。"苏念叫住他,"我把伞给你吧,别感冒了。"

裴然拒绝:"不用,谢谢。"

"不是,"苏念一笑,"这伞是之前青山哥给我的,我一直忘了还,这次刚好,你用完帮我还他就行。"

"你自己借的伞,自己还吧。"裴然迈步离开,剩下的话飘在雨里。

裴然回到寝室,把帽子摘了,换身衣服后拿起帽子走向了盥洗台。

他拿了一根新牙刷,垂着眼在帽子上轻轻地刷。

裴然很喜欢洗东西,只需要做重复的动作,就能很舒服地放空一会儿。

清脆的碰撞声把裴然拽回神,他一转头,就看见雨滴砸进屋里,窗台下的地面一片水渍。

裴然关上窗,回到桌前才看见手机收到了很多条短信。

陌生号码:伞是我很久以前借给他的……

陌生号码:你今天淋雨了?记得喝点热水驱寒。

陌生号码:下次再有这种情况打电话给我。

陌生号码:你能不能回我一下?

拉黑微信和电话没用,罗青山依旧无孔不入。

127

裴然看了一眼时间，跟苏念见面不过半小时，罗青山就知道这件事了。

裴然没回，退出去看微信收到的消息。

严准打了个问号。

裴然回了个问号。

严准：看看我还在不在。

裴然：在哪里？

严准：你好友里。

裴然深吸一口气。

他捧着手机，许久才打出一串省略号，都还没来得及发出去。

严准：正在输入五分钟了，在写什么小作文？

裴然发出去一串省略号。

裴然：在忙别的，忘记关聊天框了。

严准：忙什么？

裴然：一件私事。

发完这句，裴然把手机扣在桌上。

然后他起身回到盥洗台，继续给严准洗帽子。

深秋，雨断断续续下了两天。

舍友搬出去后，寝室比以往安静，裴然画起画来都觉得顺手许多。

他才描了两笔，电话就响了。

"然宝贝，你干吗呢？"是林许焕，他那边难得没有敲键盘的声音。

"在画画，"裴然问，"怎么了？"

"画画？画我吗？"林许焕声音都大了一点，"快发我看看！"

"只是描了几笔，模样还没完全出来。"裴然又问，"是有事吗？"

林许焕没有马上回答，他身边似乎还有别人，裴然听见他的声音变得有些远:"哥,然宝贝好像在画我呢,这种事得专心才行,要不我们还是别打扰他了吧?"

裴然瞬间知道他身边的人是谁了。

他捏手机的力度紧了一点,反应过来时,自己已经放下画笔,把免提关了,把手机放在耳边。

林许焕很快又回来了:"也没什么事……我们今天商量着要去你们学校篮球场打球,你一块儿来呗。"

待林许焕挂了电话,坐在沙发边的人问:"他怎么说?"

"当然答应了。"林许焕纳闷道,"你为什么不自己问他,非要我打电话?"

还能为什么?

当然是担心约不出来。

林许焕帮过裴然,只要他开口,裴然不会不来。

严准起身,抬手随便地在林许焕肩上拍了拍,懒洋洋地说:"养兵千日。"

最近下雨,地面都湿漉漉的,打球的都挪到体育馆里。

今天周六,大多数人玩去了,球场上没什么人,连位置都不用占。

裴然到体育馆时,正好看见严准轻松跃起丢了个中投,球衣一角掀起来,能看见紧致的腹肌,上面覆着一层薄汗。

"然宝贝。"林许焕打了一会儿就喘得不行,"怎么来这么慢?来,我们玩三打三。"

没想到还要比赛,裴然愣了一下,脱外套的动作都顿了顿:"我打得不好……"

"没事,大家都菜,你好歹还参加运动会呢,我们平时连走个路都懒,你来凑个数都行。"林许焕说。

裴然犹豫了一下,刚要点头,脱到一半的外套忽然被人扯住向上一拉，又回到了裴然身上。

"他不打。"严准站在他身后，说话有点轻微的喘，一如既往地低沉，"他腿有伤。"

裴然肩膀一僵，外套有些松垮，他都没伸手去撩。

"哦对。"林许焕蒙了一下，脱口道，"你都知道他不能打球，还让我叫他过来干吗？"

严准说："你别管，去打球，别偷懒。"

林许焕丝毫没察觉哪里不对劲儿，"哦"了一声："那你快点过来。"

只剩他们两人。

裴然调整了一下呼吸，才慢吞吞地转身。

他们已经打一会儿球了，严准额间的头发被汗水聚集在一起，下面是一双漆黑的眼。

不知道是不是运动过，严准此时看起来比平时要生动得多，眼睛底下还染着汗。

裴然从大衣口袋里拿出棒球帽，因为空间小，帽子有点皱，好在帽檐可以露在外面，没怎么变形。

他顺平皱褶，递到严准面前："这个，谢谢你。"

严准闻到淡淡的香味，问："帮我洗了？"

别人借给自己的东西淋了雨，肯定要洗了再还，可严准这句话他总听得怪怪的。

裴然说："嗯，应该干净了。"

那边传来其他几个人的催促声，严准随便应了一声，然后说："先帮我拿着。"

篮球砸在地面的声音太响，裴然没听清："嗯？"

"帮我拿一会儿。"严准说，"我手上不干净，身上臭，会把它弄脏。"

22

裴然把帽子放在腿上，坐在观众席看他们打球，身边放着外套、水杯等杂物。

球场里其他人都已经气喘吁吁，叉着腰直喘，标准的电竞宅男。

除了严准。

严准跑得很快，没怎么停下过，别人传球基本都是给他。中途林许焕像是跑不动了，站在原地摆摆手示意休息一会儿。

严准把球扔进框，没急着去捡，站在原地撩起衣角擦汗。

旁边的林许焕脱了上衣，平时他看着不胖，脱了衣服却一身软乎乎的白肉，能看出 TZG 基地伙食不差。

两人站在一起，对比有些惨烈。

这时，严准眼尾一扫，瞥了过来。

裴然顿了顿，故作镇定地移开视线。

林许焕累得都想摊在地上了，忍不住走到严准身边，胳膊肘搭在严准身上。因为不够高，他得抬起手才够得着，姿势有些滑稽。

"哥，你累不？"

严准说："还行。"

林许焕轻声咳道："我知道教练让你盯着我们锻炼，但我觉得打大个半小时了，大伙儿都累了……"

严准"嗯"了一声："现在不是在休息？"

"……"

林许焕想说"别用你的标准来衡量热血电竞少年"，可他转念一想，严准也算半个电竞少年，还比他强。

他抬头还想说什么，发现严准的注意力都放在别的地方。

林许焕顺着看过去，看见了坐在观众席上的裴然。裴然坐姿端正，看上去特别乖，跟周围那些跷腿盘腿的大老爷们儿格格不入。

　　林许焕"啧"了一声："你把然宝贝叫过来，就是为了让人家帮我们看东西啊？"

　　"他没有名字？"严准问。

　　"但是叫'宝贝'比较亲切嘛，而且他ID本来就叫然宝贝啊。"说到这儿，林许焕纳闷道，"不过他看起来不像是会取这种ID的人欸。"

　　严准没搭理他，篮球被其他人丢回来，他轻松接住，随意地拍了几下。

　　林许焕多看了两眼，忽然发现什么："哥，然宝贝抱着的帽子是你的吧？"

　　那顶帽子是限量款的，他还求过严准送给他，可没得逞。

　　球撞在地上又反弹回来，严准单手接住，把球丢给他："再打十分钟去吃饭。"

　　打完球，五个人汗流浃背地往台阶上走。

　　裴然把纸巾递给他们，林许焕接过一张："然宝贝，你还随身带纸巾呢。"

　　"习惯。"裴然又抽出一张，伸到严准面前，"你要吗？"

　　"谢谢。"严准接得随意。

　　裴然把纸巾分给其他几人。

　　"裴然。"声音从右侧传来。

　　裴然转过头，看到了立在台阶右侧的罗青山。

　　罗青山把头发推成了平头，看起来精神很多，穿得清爽干净，装扮一看就知道不是来打球的。

　　罗青山走到他们身边，有意无意地瞥了严准一眼，然后重新把目光放到裴然身上："我听说你在这儿，特地过来的。"

裴然默然片刻，才问："有事找我？"

"有。"罗青山顿了顿，忽然笑了一声，"这事儿还是严准提醒我的。"

气氛莫名有些怪异，几个围观群众不明所以地看向严准。

严准低着头在擦脖颈的汗，表情一贯地冷漠。

罗青山接着说："他说你把东西都还给我了，我也应该还给你。我回去想了想，他说得对，那些东西是该还。"

这话一出，场面瞬间就僵住了。

几个人擦汗的动作都停了下来，放轻呼吸面面相觑。

林许焕瞪大眼，下意识看向裴然，裴然背脊绷得紧直，一动不动，坦然无畏。

罗青山这趟的目的当然不是还东西，要不然他也不会空手而来，见其他人表情惊愕，他心里莫名有些舒爽。他是故意让裴然难堪的。

"那些东西，我都记不太清了。"裴然平静地划开沉默的口子。

罗青山说："什么？"

"我送你的东西，我记不清了，你还记得吗？"裴然抬头看他，眼底无波无澜。

"我……你送了我这么多，我哪记得清……"没得到预想的答案，罗青山语气有些慌。

裴然点点头："那你记得多少算多少吧，折成现金就行了。"

罗青山心脏一缩，舔舔唇："我怕我记混了，要不我们去吃顿晚饭，仔细算。"

撞上这种场面，林许焕有点尴尬，他和队友们对视两眼，决定找借口开溜，给人腾腾地儿。

林许焕轻咳一声："那我们——"

"我们订了餐厅，"严准自然地接过他的话，垂下眼对裴然说，"算上了你的位子。"

林许焕愣住，头顶缓缓冒出一个问号。

不是，这话题咱们掺和什么啊，哥？

严准仿佛没看见他挤眉弄眼，眸光依旧放在裴然身上。

罗青山皱眉："严准，你……"

"啊对，然宝贝，我们确实订了你的位子！"既然他哥都说话了，林许焕当然得帮衬着，插嘴道，"日料，单人一千九百八十八元！我们教练报销！不去不退钱，可浪费啦！"

"然宝贝？你为什么叫他'然宝贝'？"罗青山眯起眼，"等等，你们是TZG的？谁允许你们进我们学校打球的？严准带进来的？"

"罗青山。"裴然皱眉，打断他的话，"晚饭就算了，你算好账把钱转我就好，清单不用给我。"

裴然捏着帽子起身："我们还有事，先走了。"

裴然转身就走，林许焕被罗青山的语气撑得上头，刚想说两句，就被严准碰了一下肩膀，示意他跟上。

一行人离开体育馆，只剩罗青山还站在台阶上，表情阴沉得吓人。

林许焕没撒谎，教练的确给他们订了日料，他们在车上换件衣服的工夫就到了餐厅。

只是几人之间气氛还是尴尬。

倒是裴然一脸平静。到了餐厅，落座，他道："给你们添麻烦了。"

装着三文鱼的小碟子被放到裴然面前。

严准拿起旁边的芥末管，在他碟边挤了一点："吃。"

两人手臂轻轻碰了一下，裴然低头看着盘子："谢谢。"

林许焕吃了两口，有精神了，又开始胡说八道。

"然宝贝你知道吗？"他指着自家突击手说，"他之前开了个小号去女主播直播间，给人花了不少钱，我们也没看不起他。"

突击手冷笑，开始范围攻击："嗯，你要是这么说，队长初中时给人家的情书被交给老师，老师罚他上台一字一句地念，作为他的同学，我也没嫌弃他啊。"

越说越歪。

也不知谁冒了一句："这有什么，总比严准好，至尊 VIP 黄金单身贵族。"

当事人一脸漠然，拿起手边的空杯子去接茶。

"什么单身贵族！"林许焕说，"我哥那是不想脱单。"

众人都愣了愣。

"什么脱单？"突击手好奇心上来，立马放下筷子不吃了。

倒不是觉得严准找不到女朋友——就是太容易找了，却一直没对象，他们反应才这么大。

"我不知道。"林许焕想了想，"上回他跟我说的。"

严准在大家热切的凝视下，用毛巾擦了擦手，丢出一句："嗯。"

这个话题对 TZG 众人而言比较劲爆。

严准低头玩手机，根本不搭理他们。

餐厅台子不大，灯光足，林许焕聊着聊着目光就挪到了裴然身上。他盯着看了几秒，忽然问："然宝贝，你脸怎么这么红，热？"

裴然捏着筷子说："芥末，太辣了。"

酒足饭饱，教练派车来接他们，裴然顺便搭了顺风车回去。

严准不回学校，裴然下车之前把帽子递给他。

严准接过来，说："交换。"

裴然还没反应过来，手指被人轻轻掰开，严准给他塞了两颗奶糖。

车上昏暗，吃饱后大家都犯困，没人看到他们的小动作。

回到基地，林许焕冲了个澡，出来时看见严准坐在大厅的沙发上，戴着帽子低头玩手机斗地主。

他用毛巾擦了擦头发，正想上去聊两句，脚步忽然就顿住了。

只见严准输掉游戏后，把手机丢到旁边，往沙发上一靠。

然后他摘掉帽子，虚掩在鼻子上，闭上眼。

23

在 TZG 比赛前两天，严准收拾行李准备走人。

教练就坐在他旁边劝他："住着不舒服吗？为什么非要回去？"

严准头也没抬："在这儿打扰你们训练。"

教练说："别，你在这儿还能帮我看着他们。"

"我马上要考试，没空给他们当陪练。"严准语气冷漠。

教练骂了他一句"没良心"，关上门，问："真不打算回来打？"

严准垂着眼，情绪全藏在眼皮下，把拉链一拽："没打算。"

严准单肩挎着包走出房间，看到林许焕躺在沙发上拿着他的棒球帽左看右看，然后凑到脸边闻了一下。

严准从他手里抽出帽子，皱眉："干什么？"

林许焕睁大眼睛，无辜道："这不是买不着嘛，我就想看看。哎，你帽子上是什么味道？怪好闻的，怪不得你那天捏着闻半天。"

其他躺着休息的人怪异地看向他俩。

突击手闻言放下手中的鸡翅："来来来，给我也闻闻，你用香水了？"

严准懒得搭理他，把帽子扣在头上："回去了。"

"等会儿。"教练叫住他，把手里的东西递过去，是两张内部入场券，"拿着这个，座位在前排，你要是想的话也能进后台。"

严准看着印在入场券上的 TZG 队标，接过来："谢了。"

回到寝室，严准把背包随手丢在桌上，拿出手机拍了这两张入场券，发给裴然。

裴然：嗯？

严准：周六，市里的馆子，打车过去二十分钟。

裴然：好，我帮你发在朋友圈。

严准：什么？

严准：发什么朋友圈？

裴然：不是要卖票吗？

严准盯着那几个字看了几秒，直接打了个语音电话过去。

响了好几声对面才接。

"我哪里像倒票的？"严准问。

裴然愣了一下："我刚刚看到林许焕发了朋友圈，在卖两张入场券，这不是他的票吗？"

严准："……"

拿着丰厚的年薪卖入场券，林许焕到底什么毛病？

"不是倒票。"严准说，"是约你去看比赛。"

裴然正在给画稿上色，听完笔尖一顿，飞快地眨了几下眼睛。

"周末没课，我去接你，内部券不用排队，看不懂的我给你解说。"严准问，"去吗？"

电话那边很安静，严准也没说话，沉默着等他回答。

良久，严准把票折起来，刚要塞回背包——

"我知道了。"

裴然语调很轻："公交站见可以吗？"

这是裴然第一次来比赛现场，他们是从后门入场的，进去的时候现场还没什么人。

知道他们要来，林许焕提前打招呼让他们去后台坐一会儿。

其他选手都严肃得要命，TZG却一派轻松的景象。他们打惯了国际赛，心态早已经练出来了，裴然进去时，甚至看到他们的突击手拿着手机在玩《连连看》。

"水自己拿吧，赞助商放的，都免费。"教练看了裴然一眼，笑道，"严准，知道你为什么追不到女朋友吗？"

严准："为什么？"

"我给你两张票，是让你把小姑娘约来，俩人坐一块儿促进促进感情，你……把裴然带来了。"教练笑着说，"当然，不是不让他来，你可以找我多拿张票啊。"

严准不咸不淡地说："有这么多票，留给林许焕发家致富吧。"

林许焕："那票是朋友没空来现场，托我帮忙卖的！"

教练骂他："那你也不该用大号卖！都被截图发在微博了！平白被骂！"

闲聊两句，战队开始讨论一会儿的比赛战术。

战术是早就定好的，现在只是临时再讨论细节。

严准坐在教练身边，被点到名就偶尔说两句，时不时说一两条简洁的意见。他语气散漫，眼神却很认真。

两人在休息室待了一会儿，严准起身："赛方的人马上进来拍视频了，我带他出去了。"

这次比赛一共有十支战队，休息室密密麻麻一排，留下一条窄小的过道。

走到半途，裴然问："你之前打过比赛吗？"

"没有。"严准说得随意，"上场前两天退队了。"

裴然抿抿唇，没再继续问下去。

他们的座位在第四排，不用抬头就能看见屏幕，此时周围座位已经坐满了人。

各位选手落座，主持人开始一一介绍，介绍到TZG战队的时候呼声最高，镜头给到TZG的队员时，林许焕还对镜头眨了眨眼。

比赛刚开始，严准就稍稍侧头，压低声音："他们要占右下的野区，想堵桥头。"

裴然顿了一下，才反应过来严准是在给他解说："比赛也会堵桥吗？"

"偶尔，看圈，圈刷得很好会考虑，不行就打野①，一样的。"严准看着即将和林许焕碰面的其他队伍选手，道，"TZG 要拿人头了。"

不过十秒，屏幕上跳出了林许焕击杀对手的公告。

裴然说："你对他很有信心。"

"这个地形他练了几个晚上，就是前几天的事。"严准道，"是菜鸟也该变强了。"

裴然："……"

他甚至听见严准身边坐着的女生都笑了一下。

严准也听见了，把声音压得更低。

这局 TZG 打得还行，右下方的野区被他们拿下，可惜后期圈不友好，排名第三。

在严准的解说下，裴然神奇地全看懂了。他惋惜地皱了一下眉，刚要开口——

"那个……"温柔的女声轻轻响起，"我听你解说好厉害呀，你是解说预备役吗？要不要加个微信，以后……可以一起玩游戏。"

是严准身边的女生在跟严准搭讪。

裴然默默闭嘴，往后靠在座位上。

严准说："加不了。"

女生："打扰了。"

第三局比赛，镜头给了一个其他战队选手的主视角，解说员们围着他整整说了近一分钟，都是夸的话，夸他是少见的全能选手，还说

---

① 电子游戏术语，指在人少的区域活动，不去人多的地方。

他马上要追赶上 TZG 的林许焕了。

对方也不负众望，在解说热切的注视下一打二，丝血获胜。

"反应很快，"严准淡淡地评价，"是不错，不过比林许焕还差点。"

裴然"嗯"了一声："也没你厉害。"

严准难得一愣，几秒后，他问："我厉害还是林许焕厉害？"

裴然正在认真看比赛，想什么便说什么："你。"

"为什么？"

裴然顿了一下："不知道，就觉得……是你。"

严准"嗯"了一声，支起手撑在扶手上，挡着嘴，眼睛在昏暗的环境里弯了一下。

比赛结束，TZG 总分暂时排第二。

裴然看得意犹未尽，跟着场内其他人一块儿起身，准备离开场地。

才走了几步，他就听见身边传来一声惊呼，有个女生惊讶地喊出一个名字。

裴然一愣，他听过这个名字，好像是一个男明星。

裴然不关注明星动态，能让他知道名字的……都挺火的。

譬如这一位，刚被人发现，在场内就引起了一阵不小的轰动，后排的人全往这儿挤不说，就连已经出了场地的都原路折返，场面瞬间变得无法控制。

裴然被人群挤着往前走，他身后的女生居然开了直播，这会儿正在尖叫："啊啊啊！是他！是他！他来看比赛了，啊啊！！"

裴然叫了两声"让一让"，被掩盖在尖叫声中，喊得他脑袋嗡嗡地响。

一只手在人群中稳稳地抓住他。

是严准。

严准头也没回地拉着他走，裴然只能看见严准的后脑勺。

一路走到了偏门的检票台,被外面的冷风一吹,裴然收回手。

他意识到了一件非常窘迫的事——他的手心在冒汗。

裴然长期拿画笔,从来没有出汗的习惯。

"严准……"裴然道,"我们已经出来了。"

"嗯。"严准的目光放在检票台上。

裴然还想再说什么,就见严准眉一挑,从桌上的纸巾盒里抽出一张纸巾。

然后他低下头,帮裴然擦手。

电话铃声响起,是舍友打来的电话,裴然接起。

"喂。"裴然捏着手机,目光投向别处,"有东西落寝室了?急吗……现在就要?我知道了,你等一下,我大概二十分钟回去。"

他刚挂电话,严准已经抬手拦下一辆出租车。

"走吧。"

回到学校,严准低头回复林许焕的消息,推开了寝室的门。

舍友坐在椅子上,双手抱胸,一动不动地盯着电脑,上面是微博界面,还有一个视频播放完毕的提示。他听见开门声也没有反应。

严准摘了帽子放到桌上。

"严准。"罗青山划破安静,问,"你和裴然是怎么回事?"

第四章

画很好看，
谢谢裴老师
The long wait

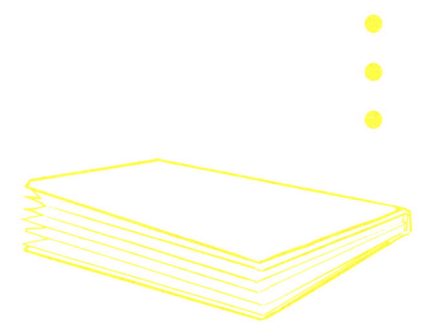

24

"我看见了,你们一起去看了 TZG 的比赛。"罗青山压抑着情绪,"有个主播拍明星,把你们拍进去了。"

严准打开游戏,更新,没搭理他。

罗青山舌头顶了顶腮。

"严准,兄弟不是你这样当的。"罗青山咬牙切齿地说。

严准挑了一下眉:"我跟你,我们什么时候是兄弟了?"

罗青山骂了一声脏话,回过头紧紧盯着严准的后脑勺:"你以为你是谁?你觉得你能和裴然做最好的朋友?真以为带他打几局游戏就可以了啊?

"我告诉你,严准,我和裴然偶尔吵吵架那是我和他之间的事,我陪他闹一闹可以,别人想掺和进来,不可能。"

罗青山句句刺人,声音也大,只有他自己知道,他现在有多心慌。

严准道:"说完了?能闭上嘴吗?"

直到宿舍门被狠狠砸上,发出"咚"的闷响,罗青山才恍如灵魂归位,又惊又怒地喘气。

十一月,天已经冷下来。严准下楼后拐弯走进超市,买了包烟,坐到了空无一人的长椅上。

打火机的火光在黑夜中闪了一瞬,严准把打火机丢到一旁,手随意搭着,牙齿不轻不重地叼着嘴里的烟。

半晌,他找出手机打电话。

电话接通,裴然很轻地"喂"了一声。

严准把手机贴在耳朵上,听他细微的呼吸声,没说话。

良久,裴然放下笔:"严准,怎么了?"

严准说:"今天走得太急,忘了领比赛周边。"

他克制着声音,不让自己流露半点情绪。

裴然愣了一下,问:"有周边吗?"

"嗯。"严准说,"键盘、模型、队标挂件之类的。想要吗?我找林许焕拿一套。"

裴然摇摇头:"不用,我不缺键盘,挂件……我也有。"

严准轻吐一口气。

裴然顿了顿:"你在抽烟?"

"偶尔一根。"严准顺口道,"以后不抽了。"

话刚说完,严准就闭了闭眼。

"好。"

严准垂着的眼睫颤了一下:"什么?"

裴然打开身侧的窗,伸手去感受了一下室外的温度:"抽烟对身体不好,少抽点……你还在外面?"

严准"嗯"了一声,道:"晚上舍管管得严,出来抽了。"

"那……你早点回去?"

"好。"

挂了电话,裴然盯着屏幕看了半天,关了窗打算继续画画。

他心不在焉地描了一会儿线稿,鼻子忽然有些发痒,忍不住偏过头连着打了两个喷嚏。

再回头,看清自己的画稿后,裴然笔尖一顿。

他只是画了一张粗略的草稿，想着如果甲方满意，再继续细化下去。

草稿里画的是电竞椅、电脑、TZG 队服。

可是寥寥几笔画出来的五官和轮廓……是严准——

戴着耳机，穿着 TZG 队服，坐在赛场上的严准。

翌日，裴然戴着口罩去上课。

一下课，老师就叫住他问："怎么了？感冒了？"

"有一点。"被口罩闷着，他的声音有点重。

老师一向喜欢他，盯着他眼底的乌青问："年轻人，熬夜了吧？"

裴然"嗯"了一声："赶个稿子。"

大学生干点兼职太正常不过，但老师没想到裴然有这种家庭条件也会接商稿。

"没必要为了那点小钱损害身体，好好休息才是正事。"老师道。

裴然点头："好，谢谢老师。"

一天的课结束，裴然回到宿舍，给自己塞了两粒感冒药。

刚把药吞下，找他约稿的那个小姑娘发了消息来。

TZG 赛高：太太！戳一下进度。

非与衣：抱歉，还没开始画。

TZG 赛高：太好了！太太，我是想让你帮我把这个奖杯也画进去，可以吗？我可以加钱！

她发来一张奖杯的照片。

非与衣：可以，不用加钱了。

小姑娘激动得连发了无数可爱的表情过来。

裴然看着这些表情，想起自己那幅画偏了的画，总觉得有点不好意思。

画了两个小时，裴然起身休息，刚泡好一杯咖啡，电脑就响起微信提示音。

是林康，给他发了一段视频，预览画面有些模糊，看不清内容。

一点开视频，就是吵耳杂乱的音乐。场面昏暗，只能看到模模糊糊的人影。

一阵骚乱后，裴然终于看清林康拍的人。

是罗青山，他拿着一个小酒杯，正蒙头喝酒，一口喝光一杯，周围的人立刻发出惊呼和掌声，几秒后，视频结束。

裴然发了一个问号。

林康：喝的是蒸馏酒，太恐怖了。

罗青山以前就是喜欢玩的，还会喝酒。

裴然：哦，你们慢慢玩。

林康看到这句话，简直一个头两个大。

他看了一眼桌上的酒，这哪是喝酒啊，这是玩命呢。

罗青山已经喝红了脸，拿起骰子对身边的人道："喝了，敢继续？"

严准看都不看他："来。"

好友忍不住撞撞林康的肩："这俩人……干吗呢啊？"

林康说："我也想知道。"

今晚是一个朋友生日，请大家伙儿来喝酒，喝着喝着，这俩人就莫名其妙杠上了。

等大家回过神来时，服务员已经把蒸馏酒端了上来。

林康纳闷地看着他俩。罗青山本来就喜欢玩，找人拼酒不奇怪，奇怪的是严准居然来凑这个热闹。

两个人你来我往又喝了十分钟，罗青山已经醉得分不清东西南北，胡言乱语。

严准靠在沙发上，冷淡地看着他发疯。

"我头疼……哟……"罗青山撞了撞林康的腿，"帮我……帮我打

147

电话给裴然。"

　　林康:"你们都绝交了,还打给他干吗啊?"

　　"我让你打,你就打。"罗青山说,"他会来的,他会来……"

　　林康烦不胜烦,想着让他再喝下去也不是办法,只好拿起手机,直接给裴然打了个视频电话。

　　罗青山笑了一下,偏过头,眼里带着嘲讽,讥笑着问:"你猜他来不来?"

　　严准安静地坐着,没吭声。

　　"我、我喝醉了能给他打电话,因为……就算绝交了,我们曾经也是最好的朋友……"罗青山问,"你呢?你喝醉了,你敢找他吗?你有……什么资格让他来给你擦屁股?"

　　林康举起手机,把这情景拍给裴然看:"你看,他一直嚷着找你,我实在没办法……你能过来一趟吗?"

　　罗青山定定地看着严准:"你算什么!"

　　林康挂了视频电话,把他们的酒杯放远:"裴然说现在过来,你别发疯了,罗青山。"

　　罗青山闭上眼,扬起笑容。

　　裴然很少来这种地方。

　　他穿过拥挤的卡座,朝包厢方向走去,中途拿出手机又看了一眼林康发来的包厢号。

　　他的肩膀被人狠狠撞了一下,服务员赶忙道歉:"对不起对不起,撞疼您了吗?实在对不起。"

　　裴然道:"没关系,请问一下一〇三号包……"

　　见眼前的客人忽然没了声,服务员道:"一〇三号包厢吗,我带您去吧?"

　　裴然怔怔回神,收回视线道:"不用了,我看到朋友了,谢谢。"

服务员走后，裴然重新抬眼看去。严准就站在服务员来的方向，他刚洗了脸，脸上都是水，眸底晦暗不明。

严准也在看他。

裴然穿着灰色毛衣，头发有些乱，还戴着口罩，能看出他来得匆忙。口罩给他添了几分病弱感，整个人看上去慵懒又温暖。

裴然刚走近严准，就闻到一阵烟酒味。

25

裴然："你到底……喝了多少？"

严准抬眼看他，眼眶被酒精熏红："没醉。"

裴然问："为什么跟他拼酒？"

蒸馏酒度数太高，严准一直头疼着。闻言，他扯了一下嘴角。

他们哪是在拼酒。

在包厢看到罗青山的表情，他就是感觉不舒服。

手机铃声忽然响起。

林康发了两条消息来，问裴然到哪儿了，需不需要出去接他。

严准绷紧了背脊，脸上没什么表情。

裴然问严准："胃难不难受？"

严准这才仿佛有了知觉，疼痛一阵一阵翻涌上来。

严准长大后从来没在谁面前喊过苦，训练那段时间他一句都没抱怨过，当初要不是他忽然倒在电脑前，没人知道他的情况这么严重。

他喉结滚了一下，然后哑着声音说："很疼。"

裴然皱着眉，表情认真了许多："我叫车，先去医院。"

没得到回应，裴然疑惑地抬头，才发现严准一直在看他。

严准眸光很轻地动了一下，确认似的问："去医院？"

"嗯，"裴然问，"还是你带了药？"

严准问："不接他了？"

"接谁……"裴然愣了一下，然后才反应过来，"罗青山吗？他很多朋友在，用不着我接。"

严准沉默片刻，低沉的嗓音有了一些变化："那你来接谁的？"

裴然："……"

"你来接谁的？"严准又问，"我？"

裴然抿了一下唇，最终含糊地"嗯"了一声："还疼吗……"

裴然话还没说完，严准整个人忽然靠了过来。

裴然吓了一跳，以为他是晕了，拍了两下他的背："严准？很难受吗？你坚持一下，我叫救护车……"

"别叫。"严准头太沉，胃也是真疼，起身时还晃了一下。担心他摔，裴然下意识伸手抓住他的衣服。

严准说："外面有药店，去买药吧。"

"不用，我寝室有。"裴然说，"回学校吧。"

隔着一条走廊的一〇三号包厢仍旧热热闹闹。

罗青山摊在沙发上很久了，他偏过头皱眉问："裴然怎么还不来？"

"不知道，我发消息没回。"林康嗑着瓜子说。

"你打个电话啊。"罗青山说，"快……给他打电话。"

拗不过他，林康放下零食："行行行，我打我打……哎，你去哪儿？"

"放水。"罗青山说。

"能不能行啊，我陪你去吧。"

"不用，才喝了多少……我能走。"罗青山摆摆手，"你快给裴然打电话。"

罗青山跌跌撞撞地走出包厢，靠着墙一步步往厕所方向挪。听见手机铃声，他下意识偏头看了一眼。

他看见两个男生并肩走着,矮一些的男生扶着旁边的人,手机铃声再响也无人理睬,几步后消失在拐角。

罗青山上完厕所出来,洗了把脸,双手撑在盥洗台上,沉默地低着头。

片刻后,他拿出手机拨了一通电话。

对面接得很快:"青山哥,怎么了?"

罗青山喉中干涩:"苏念,来接我,我醉了。"

回学校的车上,裴然低头回消息,跟林康说自己不去了。

林康:那你刚刚问我包厢号……

裴然:我接别人。

林康回复三个问号。

出租车内光线昏暗,只有路灯的光透进来。

严准原本靠在窗上休息,听见不断的微信提示音,撑着坐起身,垂着头看向身边的人:"我没带宿舍钥匙。"

裴然回着消息:"嗯?"

严准跟他肩抵着肩:"收留我一下。"

回到寝室,裴然把他人放到椅子上就进了洗浴间。

严准忍着难受,抬眼一一扫过裴然桌上的物件。

收拾得很干净,电脑待机灯亮着,旁边放着一块手写板,再旁边是一个灰色的保温杯。

严准盯着看了一会儿,忽然发现什么,抬手转了一下杯子。

保温杯另一侧,吊着一个挂件,白色的小球鞋在空中晃了晃。

洗浴间的水声消失,严准把杯子放回原位。

热毛巾覆在脸上,闷热又舒服。

"为什么来接我?"严准划破沉默。

裴然说:"你胃不好。"

"担心我?"严准问。

裴然说:"嗯。"然后转身打开衣柜,"要不要换件衣服?我给你拿睡衣,没穿过的。"

严准眼皮沉得厉害,他脑袋一直是晕的。

为了舒服,裴然把睡衣都买大两号,严准穿了正正好。

换了衣服出来,裴然不知从哪儿掏出一个小箱子,走近一看,里面都是药。

"你平时都吃什么胃药?"裴然专心地看着药盒上的说明。

严准问:"你家是开的药店?"

裴然笑了一下。他母亲很注重身体健康,他家每处住所中都放了一个药箱。

严准还真从里面找出了自己常吃的药,塞了两粒下去,热水入腹,酒精带来的困意终于漫了上来。

严准半张脸埋在枕头中片刻,然后探出脑袋问床下的人:"什么时候睡觉?"

裴然:"我感冒了,怕传染。你睡吧,正好今晚通宵赶稿。"

"该传的早就传了。"严准声音微哑,"睡觉吧。"

裴然原以为自己会失眠,但感冒药的功效太厉害,没多久他就合上了眼,呼吸绵长。

裴然一夜无梦,睡得很香,以至于他早上醒来时,整个人都还有些蒙。

严准眼底惺忪,看上去有些疲惫,见他醒了,懒懒地开口,声音沙哑得厉害:"早。"

听见自己的声音,严准挑了一下眉,缓缓地说:"好像,是传染了。"

裴然:"……"

26

裴然洗漱的时候,发现手机上有未读消息。

林康:裴然,昨晚你到底找谁来了?

林康:苏念把罗青山接走了。

裴然:那就好。

林康发来一串问号。

严准已经收拾好了,坐在裴然的椅子上单手玩手机,脸上还带着倦意。

一通电话打进来,看见来电人,严准忍不住抬眼看了看时间。

"哥!"林许焕声音特别精神。

严准懒声问:"没睡?"

许多职业选手昼夜颠倒,林许焕就是其中一个,他平时下午两三点才起,天不亮不睡。

那头愣了一下,才慢吞吞道:"连着打两天比赛太累,昨天睡早了,我都起床一个多小时了……哥,你声音怎么了啊?跟破锣似的。"

林许焕说得有些夸张,但严准的声音是真哑了,一听就听得出来。

"感冒。"严准问,"有事?"

"有哇。"林许焕道,"基地就我一个人起床了,阿姨今天又请假,自己吃早餐怪无聊的,我去找你吧,哥?一块儿吃早餐?"

前面传来脚步声,严准的目光随着裴然移动,看着他重新打开昨晚的药箱,摸索半天找出一袋喉糖来。

严准把手机拿远,接着姿势很轻地牵了一下裴然的衣角:"早餐出去吃?"

裴然一顿,道:"好。"

挂了电话,林许焕很快发了餐厅地址过来,是附近一家很出名的粤式早茶。

裴然撕开喉糖的包装,挤出一颗给严准:"难不难受?"

严准倾过身子咬住,含进嘴里,凉凉的。

"不难受。"他从裴然的椅子上起来,"我出去打个电话,你好了再出来。"

严准没电话要打,他靠在宿舍走廊的围栏上,打开微信看昨晚收到的信息。

都是罗青山发来的,二十多条,有质问,有辱骂,好几条语句都不通顺。

还有几条十多秒的语音,严准连翻成文本的兴趣都没有。

最早一条是半小时前发的。

严准动动手指,把他拉黑了。

两人一起出现在包厢里时,林许焕捏着筷子愣了一下。

"你昨晚没回宿舍?"

严准言简意赅:"喝醉了,借宿。"

"喝醉?你喝酒了?我天……你还想医院半月游?还喝感冒了?"林许焕说完,瞥了一眼同样戴着口罩的裴然,"感冒还去借住,然宝贝都被你传染了。"

"是我传给他的。"裴然诚实地说。

林许焕沉默了一下:"那我是不是该离你们远点?"

说完,他还装模作样地往后靠了靠。

严准给裴然倒茶,眼也不抬:"传不上。"

吃完早餐,林许焕随意地擦了擦嘴,抬头刚想说什么,就见裴然从口袋里拿出一盒药。

裴然挤出一粒,低声说:"手。"

严准坐姿懒散，朝他摊开掌心，得到一粒感冒药。

裴然给自己也挤了一粒，两人一起就着温水吃了。

"下一场比赛什么时候？"严准瞥了林许焕一眼，淡声问。

"得下周了。"林许焕回神，"本来后天就要打，忽然出了一件事……有个战队质疑赛方造假，双方正在取证呢。"

严准挑了一下眉："造假？"

"稀奇吧？"林许焕说，"因为有个队伍连续几场落地拿到好枪，在天命圈，就被人给举报了，哈哈哈。"

话题一下就远了，林许焕一说起赛场上的趣事就来劲。

听他吹了半会儿的牛，严准终于听不下去了，抬抬手："麻烦结账。"

林许焕没打算这么早回基地，那群懒鬼没到下午醒不了，一个人训练也怪无聊的。路过一家电玩城，他忍不住停住脚步。

"哥，我们进去玩会儿呗？"

严准没理他，露出的一双眼睛垂着，征询地看向裴然。

裴然说："我去买币。"

裴然打小就没怎么进过这种地方，他父母热爱艺术，有空宁愿带他去看展。

他环视一圈，似乎只有玩投篮机和夹娃娃机在他的能力范围内。

林许焕就不一样了，从小野到大的孩子，一进来就拽着严准跟他跑赛车、打双人对抗游戏。

裴然站在严准身后默默地看。

他觉得严准游戏天赋太强了，林许焕跟他打对战，一局都没赢过。

"哥，你给我放放水！"林许焕嚷嚷。

严准说："你太菜，我把握不好放水量。"

林许焕说："我看你带然宝贝打吃鸡时挺熟练的啊，你就把对然

155

宝贝的量给我就成！"

严准两手虚握着赛车游戏的方向盘，不咸不淡地说："那没有。"

这局结束，林许焕看着显示屏上的失败战绩，道："不玩这个了，哥，我们去跑摩托。"

"你自己玩。"严准站起身。

林许焕愣愣地道："你去哪儿？"

"币都是老板买的，"严准拽着裴然走，"我陪老板玩一会儿。"

裴然被拽到了一个大型机子前，周围有黑布遮着，给他们空出一小块空间，屏幕上是咆哮狂奔的怪物。

裴然从愣怔中回神："我不会玩。"

严准教他："看到东西就打，挨你近了就往我这儿跑。"

玩了两分钟，裴然感慨这年头连电玩都这么注重沉浸感，怪物仿佛马上就要冲到他脸上。

被旁边蹿出的怪物吓了一跳，裴然下意识往旁边躲。

严准岿然不动，解决完面前的怪物，转身把裴然面前的路都清理干净。

游戏结束，裴然112分，严准1419分，破了机子的单人击杀纪录。如果裴然分数能过800，他们还能破双人纪录。

裴然摘下耳机，手心都玩热了："我不太会，不然你去找林许焕吧。"

严准说："我想和你玩。"

裴然："……"

裴然忽然觉得他们这对话跟小学生似的。

他被带到摩托机上，坐上才发现，周围只剩这一辆摩托机空着。

裴然不想一个人玩，刚想起身，就听见身边的人说："趴好，我教你。"

这怎么教？

裴然刚想问，游戏就开始了。

他加速冲出起跑线，狠狠地跟 NPC[①]撞上，眼见就要冲出跑道，背上突然覆上一道温热。

是严准的掌心。

严准把手放在他的背上，推动他拐过一道又一道弯。

"你们怎么在玩这个？"林许焕拿着三杯冷饮过来，"很热吗？来，喝杯西瓜汁休息休息。"

裴然接过道谢，猛吸了一口果汁。

"我刚破了个《星球大战》的纪录，还留了张自拍在机子里。"林许焕得意扬扬地说。

严准"嗯"了一声："我一会儿拍给你的教练。"

林许焕满脸问号。

桌上的手机响了一声，三人手机型号一样，分不清是谁的，一听到声音，全看了过去。

妈妈：小罗刚刚给我发了一条短信，你们绝交了吗？

是裴然的手机。

裴然顿了一下，拿起手机敲字回复。

回去的路上，严准没再开口，裴然低头回复母亲的消息，只有林许焕在自言自语。

到了岔路，严准停下脚步："到了寝室跟我说一声。"

裴然动动嘴唇，半晌才说："好。"

把林许焕送上出租车，严准扯了扯口罩，转身想离开，手臂忽然被人轻轻拉住。

[①] Non-player character 的缩写，指电子游戏中的非玩家控制角色。

裴然犹豫了会儿，拿出一颗奶糖放进严准的口袋，跟之前在咖啡店外，严准拦住他时的举动一样："谢谢你教我打游戏。"

27

罗青山收到裴然母亲的回复时，苏念正好拿着热毛巾从浴室出来。

苏念把毛巾摊在手上，罗青山道："我自己来。"

罗青山随手抹了两下脸，目光一直放在手机上。

罗青山：阿姨，我之前去旅游时给您带了几份特产，最近我和然然闹了些小矛盾，没法把礼物转交给您，您什么时候有空？

裴然妈妈：没事，礼物就不用了，阿姨不缺什么，而且近期我们不在国内，谢谢你。

罗青山揉了揉发疼的太阳穴，撑着身子从床上起来。

苏念给他让出位子："没事吧？能走吗？"

"能。"罗青山声音嘶哑，路过时拍拍他的肩，"昨天麻烦你了。"

罗青山刚刚拍的那两下，真就是对兄弟的感激。

苏念订了早餐，外卖员送来时罗青山正好出来。

"我买了豆浆油条，吃一点垫肚子，你昨天喝太多了，不吃会胃疼。"苏念把东西放在桌上，"你脸色很差，不舒服？"

罗青山面色很沉，没比昨晚回酒店的路上好多少。

罗青山吃不下早餐，把油条放下，转身拿外套。

苏念赶紧抓住他："你去哪儿？"

"回宿舍。"罗青山说，"谢谢你昨晚去接我。"

深夜，裴然把画好的稿子发给甲方就打算关电脑睡觉，谁知消息刚发出去不到十秒，QQ 提示音就如同狂风暴雨般袭来。

TZG 赛高：啊！

TZG赛高：啊啊啊啊啊啊，你到底是什么神仙？

TZG赛高：太太你太太太太厉害了！你太强了！我何德何能能约到您的画啊！！

非与衣：是你给的资料和照片够详细。

TZG赛高：太好看了！太好看了！！

TZG赛高：我可以发到微博吗，太太？可以拿去现场做应援手幅吗？

非与衣：可以，不过这个价位是私稿，商用需要跟我商量价钱。

TZG赛高：明白！太太人美心善！

这种话裴然不是第一次听了，微博的粉丝似乎一直认为他是个女生。

交完稿，裴然长舒一口气，把QQ关了。

他的目光落到了电脑桌面上的最后一个图片文件，几秒后，他双击点开。

画里的男生眉眼有些冷，肩膀上松松地披着TZG的队服，手指随意地搭在键盘上，身后是略显杂乱的训练室——几张空的电竞椅，上边随便放着其他队友的衣服。

严准完美融进这个环境，仿佛他本身就是一个电竞选手。

裴然安静地看了一会儿，直到手机提示音响起。

严准：后天是林许焕生日，一起去基地？

裴然：不了，他没跟我说，擅自去不太好。

严准：他原本要说，我把活儿接了。

裴然发了一串省略号。

严准：后天晚上见？

裴然：好。

严准：早点睡。

裴然回了句"你也是"，然后关掉对话框，把画中的TZG队标糊掉后转存到手机,发到了微博上。

洗漱完回来,微博下面多了好几百条评论。

裴然很少回评论,但他今晚似乎格外有兴致,侧躺在床上拿着手机一条条地滑。

"啊啊啊,是电竞帅哥!好看!感觉跟之前的画风格差好多。"

非与衣:不是商稿。

"是虚拟人物?有后续吗?"

非与衣:是身边的人。

"太太身边有这么帅的人?我不信!肯定是美化过的!"

非与衣:有。

"等等,这背景,本电竞粉莫名觉得有点眼熟。"

"原来不是我一个人觉得!是哪个电竞选手吗?没道理啊,这么帅,我应该有印象才对。"

非与衣:不是选手。

回复发出去后,裴然想了一下,又在这一条评论里认真地多回复了一句。

非与衣:但他打游戏也很厉害。

裴然后面断断续续又回复了几句,直到困意袭来才关微博睡去,醒来后也没再想起,把画稿发在微博本身就是他一个存图或纪念的方式,并不是为了那些转赞评。

林许焕生日当天裴然没课,他下午早早出门去买礼物,回来时看到严准站在他们学院门外,戴着黑色棒球帽,穿着白色卫衣,戴着口罩,手里拿着两杯常温奶茶。

他身形出挑,路过的人,有意无意都会看他一眼。

严准转过头来,两人对上视线。

严准两三步走到他面前,把奶茶递给他,垂眼问:"买了什么?"

裴然说:"一台很小的肩颈按摩仪。"

很小?

严准看了一眼鼓鼓囊囊的袋子,不置可否地挑了一下眉。

因为还在比赛期,林许焕的生日就在基地过,两人到基地时,一桌饭菜正好上齐,酒也都备上了。

饭间正热闹,林许焕拆了裴然的礼物,抓在手里嚷嚷:"看看,看看!这才叫礼物!你看看你们送的都是什么玩意儿……"

教练问:"他们送了什么?"

"买鞋送的袜子,银行办活动送的伞,上面还印着银行的LOGO……老子是垃圾桶吗?"林许焕气死了,指着自家突击手说,"这人还送了我五个G的电影!"

突击手理直气壮:"你以为我想吗,还不是手头紧。这个月是什么灾难月,我怎么觉得身边所有人都在这个月过生日?"

林许焕"嗯"了一声:"要不是我昨晚看到你小号给女主播刷了礼物,我都要信了。"

裴然:"……"

林许焕闹够了,用手机拍了一张食物的照片,准备发到微博跟自家粉丝分享。

林许焕平时总喜欢把粉丝挂在嘴边,他也确实有许多粉丝,微博粉丝数量在电竞界里能排到前三,是实至名归的广告商宠儿。

所以他一打开微博,就被粉丝们的热情淹没了。

大多是祝他生日快乐的,有一些直接发了微博红包,还有那么一小部分发了特制的生贺礼物。

林许焕越看笑容越大,直到他看到一张粉丝发的私稿,忍不住赞叹了一声。

是个名为"TZG赛高"的粉丝发的,画里的他又酷又帅,手里还捧着奖杯。

他反复看了几次，忍不住回复：你画得真好。

没几秒，那头的人就疯了，连续发了好几条"啊啊啊"才镇定下来。

TZG赛高：不不不，等等！不是我画的，是@非与衣太太画的！

林许焕好奇地点进了对方提及的人的微博。

裴然吃饭很安静，就算处在这么闹腾的环境里，也很少开口，只是偶尔听到两句好玩的话会笑一下。

待在一起玩的时间多了，大家也都放开了一些，突击手给自己倒酒时，盯上了裴然面前的空杯子。

突击手顺手想给他也倒一杯："裴然，你也来点……"

严准抬起手把裴然的杯口挡住了："他不喝。"

突击手一愣，随即笑道："你怎么跟他家长似的，就一点点，没事的。"

最近他们有比赛，千求万求教练才允许他们每人喝两小杯低度数的冰啤酒。

严准看向裴然。意识到对方是在征求自己的意见，裴然说："没关系，我能喝。"

突击手一笑："看吧……"

"我的天！"林许焕大声道，"哥！"

他声音太大，严准听得皱眉："干什么？"

林许焕把手机举起来翻了个面："你快看这画里的人！像不像你？"

严准抬眼一扫，还没看仔细，身边的人就猛地咳嗽起来。

裴然表情难得慌乱，微微睁大眼，有些不知所措——

林许焕举着的，是他的画。

准确来说……是他画的严准。

可是……怎么会？他的微博粉丝不多，这也不是商稿，没有任何宣传，为什么会被林许焕发现？

严准的声音从身侧飘来："拿过来我看。"

看到画里的自己，严准先是愣了一下，点开大图又看了两眼。

良久，他才去看博主的ID。

非与衣。

"我天，真像。"他身侧的教练凑过来看了一眼，惊讶道，"这画的真不是你？"

严准瞥了一眼身边的人，裴然低着头，捏着筷子在一根一根地夹粉丝。

他看着觉得好笑，淡淡道："谁知道呢。"

"而且我看这博主的回复，他说自己画的是真人，还很会打游戏……"林许焕道，"这么邪门的吗？"

教练又多看了两眼："你们不觉得，就连这背景，都跟我们训练室有点像吗？"

裴然食不知味地想，自己不应该偷懒去参考TZG的训练室。

"等会儿，哥，有没有可能是这样……"林许焕摸了摸自己虚无的胡子，"这人会不会是你以前打青训时的粉丝？你虽离开多年，这人却一直把你放在心里……"

"不会。"严准说，"我以前头发没这么长。"

林许焕又看了看："也是。"

突击手道："啧，越看越像，这肯定是你……最近是不是交了学画画的朋友啊？"

裴然动作一顿，犹如在课上被点名，心跳快如擂鼓。

"没。"严准说，"学画画的，我认识得不多。"

桌上的人围绕着这幅画讨论了许久，严准静静听着，直到身边的人脸都快埋进碗里，才道："行了，凑巧而已。吃饱了，打不打训练赛？"

今天虽然是林许焕的生日，但后天有比赛，大家还是得训练。

因为去年生日时一口蛋糕都没吃到，全往脸上招呼了，今年林许焕干脆就没定蛋糕，酒足饭饱，几人伸着懒腰往比赛房移动。

教练一如既往地给裴然安排好了观众席，他跟严准比肩走在末尾，走到训练室和休息室的分岔口时，严准戳了一下他的肩膀，他下意识停下脚步。

严准并没停留，他擦着裴然的肩走过，刻意压低了声音。

"画很好看。"他说，"谢谢裴老师。"

28

裴然被叫过很多次"老师"，网上有一部分喜欢他画的人会叫他"非老师"，之前参加某个画展时，工作人员也会叫他"裴老师"。

起初他还有些不好意思，可听着听着也习惯了。

裴然沉默地走进休息室，教练把视角调好后，起身道："你按这个键可以切换视角，我得去那边盯着，你——你脸怎么红了？"

裴然皮肤白，脸一热就特别明显。

裴然垂着眼说："我没事，喝了点酒。"

教练思来想去，裴然在桌上似乎……就喝了那么一两口？后来酒杯就被严准捂住了，谁都没法往里倒东西。

教练道："那我开窗给你通风醒醒酒，要不让阿姨给你热杯牛奶？"

"不麻烦了，一会儿就好。"裴然说，"谢谢。"

教练离开休息室后，裴然按着他教的方式，把视角固定在严准用的 ID 上。

严准在训练赛上的打法和平时陪他打游戏时完全不同，因为队友都很强，没了后顾之忧，严准每个操作都能做到极限，是隔着屏幕都能感受到的干脆漂亮。

严准今天打的是主队的突击手二号位，他们虽然平时不在一起训练，但认识的时间够长，默契很足，很快就灭了两个队，到某个野区的小房子休整状态。

严准打开地图正在考虑一会儿往哪儿走，就听见耳机里传来"噔"的一声。

关上地图，林许焕就蹲在他旁边，地上还有一把刚丢下来的SCAR-L[①]。

"哥，人家也想给你加个 Buff 啦！"林许焕捏着嗓子说。

这是想换严准手上的满配 M416。

严准懒声道："带着你的小破枪走远点，卡在这儿，窗户外面看得见。"

林许焕骂了一声："你就把我当成然宝贝，让我享受一下他的待遇不行？大不了结束后我给你陪玩费！我包你五百个小时！"

严准说："当不了。"

林许焕不服："为什么？"

严准说："你没他可爱。"

这话一出，耳麦里都安静了。

不只是林许焕，其他两个人也都忍不住疑惑又诧异地转过头看他一眼。

要说长相或是才华，裴然确实高出普通人一大截，平时话不多但是性格好，这些大家都认——

但是，可爱？

[①] 一款突击步枪。此处是指电子游戏里角色使用的枪。

"哥，真不是我说，然宝贝那性格如果叫可爱，那我林某就是世界第一大甜心。"林某说话一点儿都不脸红，"掐我脸蛋能挤出蜜来的那种。"

其他两人"扑哧"一声笑出来，严准也笑，笑容淡淡的，嘲讽道："那你让旁边那位别打赏女主播，打赏你得了。"

身边的人嗤笑道："那我不如把钱丢进水里，还能听个响。"

林许焕伸手掐他脖子："给我道歉。"

教练在后面边记笔记边笑，有点回到几年前的感觉了。那会儿大家都是青训生，他也是个新教练，几人挤在狭小的练习室里拌嘴，当时严准没现在这么沉默，偶尔也会骂一两句，头发剪得很短，浑身洋溢着少年气。

严准平时其实不在一队打训练赛，今天是另一位突击手手腕出了问题，队内管理人员带他去做针灸了，说是要一两个小时才能回来。

两小时后，严准的心思明显有些散，又一局训练赛结束，他看了一眼时间："人还没回来？"

"还在扎针，快结束了。"教练看了一眼日期，"你今天不是没课吗？急什么？干脆把今天的训练赛打完再走吧。医生跟我说了，他就算回来了，手暂时也动不了，得休息一天。"

"不行。"严准说，"有人在等。"

教练这才想起来外面还坐着一位客人，想了想："那要不我让人先送他回去？"

严准按下"准备"："最后一局。"

这话是拒绝的意思了。教练寻思了一下，让客人单独坐在外面两个小时是挺不好的，妥协道："行吧，那我去让二队的突击手补位。你什么时候收拾行李住过来？"

严准不打算住在学校了，一是宿舍环境差，二是舍友太碍眼。

他原想租个房，教练知道后一阵软磨硬泡，终于把他骗来了基地宿舍。

严准说:"明天。"

打完训练赛,严准活动着筋骨朝休息室走去,听见门的响声,裴然下意识看了过来。

"不打了?"裴然有些意外。

严准"嗯"了一声:"等得烦不烦?"

"不烦。"裴然说,"很好看。"

严准走近,扫了一眼屏幕,看到自己的数据结算,挑眉:"一直在看我的视角?"

裴然诚实地点头。

教练助理拿着手机进来:"他们嚷着要点夜宵,路边那家海鲜烧烤,你俩要吃什么?"

"不吃了。"严准说,"他回去就得睡,吃撑了睡不着。"

两人肩抵着肩离开基地,小助理送了客,仍旧两手捧着手机站在玄关。

林许焕上了个厕所出来,一脸纳闷地看她:"你干吗呢?外卖点了没?我饿死了。"

"点了。"小助理回神,跟着林许焕往训练室走,走着走着忽然问,"小焕神,你觉不觉得准哥和然宝贝有点儿奇怪啊?"

"哪里奇怪?"

"我也说不上来,就总觉得,准哥有点疼人。"

林许焕一言难尽地看着她。

半晌,他拍拍小助理的肩:"你想多了,我认识我哥这么多年,他唯一疼过的,就是他的宝贝键盘。"

严准把人送到学院门口:"回去吧,裴老师。"

裴然在车上颠出的睡意一瞬间就跑光了,"嗯"了一声,把手中的包装袋递给严准。

是按摩仪,跟今天送给林许焕的一模一样。

怪不得包装袋这么鼓,原来装了两台。

严准问:"顺便捎了一台?"

"不是。"裴然垂着眼说,"之前就看好了。"

意思是林许焕的那台才是顺便的。

夜风拂过,吹得人心头发痒。严准眼底漫着笑,"嗯"了一声:"裴老师真好。"

这一声声"裴老师"叫得裴然当晚就梦见自己成了美术老师。

好在他还没为学生头疼多久,就被电话铃声吵醒了。

来电显示是林康,裴然眯着眼睛看向时间,凌晨两点,他才刚睡不到半小时。

裴然清了一下嗓子才接起电话:"喂?"

林康焦急地问了一句废话:"裴然,你睡了?"

裴然揉揉眼睛:"没,有什么事吗?"

"有有有!"林康说,"车子刚走,你赶紧收拾收拾去医院看看吧!就在市医院!"

裴然云里雾里地问:"去医院做什么?"

"你还不知道?"林康说,"严准和罗青山打起来了!"

林许焕大半夜正开着直播呢,严准一通电话打过来,他连道别都顾不上,直接点了"下播"。

教练也急得连司机都来不及喊,自己坐上了驾驶位。

"哪个医院?"教练问。

"就是市医院,衔三街那家。"林许焕说,"哥,路上连只苍蝇都没有,你开快一点啊。"

"我都快超速了!"教练说着,余光扫了一眼街边,脚上忽然一踩刹车。

裴然站在公交站等车,这个时间段,出租车都在娱乐场所门口停着,很难拦,打车软件又暂时维护了,他等了好久都等不来一辆车。

教练想着他估计也是要去找严准的,干脆靠边停下,降下车窗道:"然宝贝,你……"

"能送我去一趟市医院吗?"裴然打断他,"麻烦了。"

教练一愣:"我们本来也是要去的,不过你明天不是要上课吗?干脆回去休息……"

他话还没说完,裴然就拉开车门上了车。

教练:"……"

路上,裴然一直沉默地看着窗外。

林许焕看了他好几眼,忍不住道:"然宝贝,你别担心,我哥打架就没输过。"

裴然问:"他以前打过架?"

"当然!"林许焕一想起当年的事就亢奋,"当年有个青训生偷我哥东西,被我哥逮到后不甘心,又偷偷弄坏我哥的键盘;为了替补位置还给我们的水下泻药,被我哥撞见,当场就把人打趴下了!"

教练从后视镜看了他们一眼:"行了,陈年旧事还提什么。"

林许焕耸耸肩,转头问:"对了,然宝贝,你怎么知道我哥进医院了?他给你打的电话?"

"朋友告诉我的。"

林许焕点点头,摩拳擦掌道:"这次也不知道我哥是跟谁打起来的,他都看破红尘这么久了,谁这么有本事,能劳烦他老人家动手。"

裴然默然良久,道:"他舍友。"

"他舍友?那个姓罗的?"林许焕说完忽然想到什么,一顿,愣愣地看向身边的人,"那人不是……"

裴然接着他的话，很自然地往下说："嗯，是我以前的好朋友。"

医院走廊充斥着消毒水的味道。

林许焕边找急诊边担心地偷看裴然，心想，完了，然宝贝可能不是来看他哥的，是来看那个以前的好朋友的。

裴然穿得单薄，一件简单的薄长袖和牛仔裤，头发有些乱，眼睛边缘微微发红，看起来像是刚被吵醒。

林许焕咽咽口水，他们一会儿不会吵起来吧？那也太难看了。

他擅长跟人吵架，可不擅长劝架。

林许焕怀揣着满腹心思找到了急诊室。

半夜没什么人，他哥一人孤零零地坐在急诊室外的长椅上，坐姿懒散松垮，手臂和脸上都贴着纱布，低头盯着地板发呆。

听见脚步声，严准稍稍侧头，跟来人对上视线。

林许焕一个箭步冲了上去，挡在了两人面前。

"哥，你怎么伤成这样？疼不疼啊，那家伙……那人在哪儿？难不成你打输了？你要揍人怎么也不提前跟我说一声……"

他絮絮叨叨地，听得严准心烦头疼。

严准抬起手对着他挥了挥。

林许焕倒吸一口气："什么意思？你手疼吗？我去叫医生！"

严准哑声说："让开一点，挡着我了。"

林许焕："……"

林许焕终于让开，视线警惕地在两人之间来回，已经做好了打圆场的准备。

裴然一直皱着眉，垂着脑袋看严准手腕附近的纱布。

严准任他看，片刻后才有了动作。

他伸腿，在林许焕紧张十足的目光中，轻轻地碰了碰裴然的球鞋。

"我先动的手。"严准坦陈罪行，低着声说，"别生气……裴老师。"

29

　　林许焕想了半天才挤出来的劝和话又全部憋了回去。

　　他哥上一回揍人的时候脸色特别吓人，戾气重，他还担心会吓着裴然。现在再看看……

　　他从来没见过严准这副表情，垂着眉眼，散发着与本人不符的委屈。

　　等会儿，委屈？

　　"哥，"林许焕深吸一口气，确认道，"你打架赢没赢啊？该不会输了吧？对面几个人？你好好的为什么要打人啊？一点都不和谐！"

　　严准强装出的表情露出一丝缝隙。

　　这要是在游戏里，他就要杀队友了。

　　裴然嘴唇有些干，他出门前连口水都没来及喝："手疼吗？医生怎么说？"

　　"没事，皮外伤。"严准顿了一下，"疼。"

　　林许焕焦急道："还疼？那我赶紧再带你去给医生看看，手上的伤可不是开玩笑的！"

　　严准："……"

　　裴然紧绷的肩膀微微放松，看了一眼不远处的自动贩卖机，往后退了一步："我去买水，你们要喝什么？"

　　裴然走开后，林许焕仍在说："快，趁急诊室没人，我们再去问问医生。"

　　严准往后一靠，淡淡道："不疼了。"

　　林许焕："啊？"

　　严准瞥了一眼自动贩卖机前的人，回头皱眉问："你怎么把他带

171

来了?"

林许焕冤得很:"不是我叫来的,我们是在路上遇见的。"

严准:"路上?"

"是啊,老大开车送我来的,然宝贝就在学校门口站着。"林许焕语气随意,"我都没说你受伤的事儿,人家是来看那个朋友的。"

严准揉手腕的动作一顿。

林许焕继续道:"不过你到底为什么跟人家打架啊?虽然你那室友看起来确实有点……但那毕竟是然宝贝的朋友,你好歹忍着点,你不知道我刚刚在车上有多尴尬……"

林许焕絮絮叨叨说了半天,他一直是个小话痨,粉丝天天都在直播间里说快被他烦死了,边骂边给他刷礼物。

直到裴然抱着几瓶水从远处回来,脚步声响在长廊里,严准才搭理他一句:"闭嘴。"

裴然买了五瓶水,递给林许焕三瓶,说:"还有一瓶是教练的。"

然后他垂着眼问:"罗青山在哪里?"

严准抬头看他,眼底黑漆漆的,映出裴然的身影。

良久,他才哑声说:"七楼。"

隔壁的电梯正好打开,两位民警走了出来,径直来到严准面前。

"我们和另一个人谈过了,他态度坚决,"其中一位道,"不过我们还是建议你们和解,毕竟不是什么大事,你也还年轻,男子汉能屈能伸,是你先动的手,就低头认个错吧。"

教练停好车过来,正好听到这一段。他连忙上前,抢在严准之前开了口:"对对对,都是小事,两位大晚上的辛苦了,这是我们家的小孩,年轻气盛的——不过到底是发生了什么事啊?"

民警纳闷地看着他。

教练压低声音:"唉,他都不跟我们大人说实话。"

民警了然，道："也不是什么大事，就是一些小口角，后来另外那位把他的东西弄坏了，也不是什么贵重物品，好像是按摩仪吧……"

林许焕也上去凑热闹，只剩下裴然和严准被落在后面，一站一坐。

裴然沉默地听了一会儿，直到被人抓住。那人道："裴然。"

裴然"嗯"了一声，然后说："我上去一趟。"

严准依然抓着他。

裴然把手抽出来，拿起他腿上的矿泉水拧开瓶盖。

"喝点水，"裴然说，"我很快回来。"

电梯门关上，林许焕听得无聊，又坐了回来："然宝贝找他朋友去了？"

严准喝了一口水，转头淡声问："你知道'以前'是什么意思吗？"

林许焕愣了一下："知道啊……"

"知道，以后就别再提了，没这人，"严准道，"明白？"

深夜的医院没什么人，裴然一眼就看到了坐在长椅上打电话的罗青山。

"没事，你别来，没伤到哪儿——我当然要收拾他……"听见细微的声响，罗青山抬头一看，整个人愣了愣，然后道，"我这儿有事先不说了，挂了。"

罗青山伤得明显比严准重得多，脸上挂了彩，贴了两块大纱布，嘴角还青了一大块，身上的伤就更不用说了。

他眼神里带着欣喜，不自觉挺直背脊，叫了一声："裴然……"

"别叫了。"裴然走到他身边，把矿泉水递给他。

罗青山一滞，接过来猛灌一口，抿了抿嘴唇："你怎么过来了？"

"林康给我打电话了。"

"他是不是有毛病，这么晚了还给你打电话。"罗青山骂了一句，然后偷偷看了裴然一眼。裴然坐到他身边，他们中间隔了一个位子，

"吵着你睡觉了吧？"

裴然说"没有"，等罗青山拧紧盖子后，才开口问："要怎么样才答应和解？"

罗青山僵住了，原本温柔的表情逐渐散去。

他直直地看着裴然，眼底漫上哀伤和无力，许久才艰涩地开口："裴然，你为什么会变成这样？"

他忍不住抱怨："严准哪里比我强？我们从高中起就是最好的兄弟，这几年，对你来说什么都不是，对吗？你不用否认，那按摩仪是你买给他的，我一眼就猜得出来，那牌子小众，找都难找，除了你，根本没人会用。"

"是我买的。"裴然平静地说，"但他不是苏念，我也不是你。"

罗青山喉间像是被什么堵住，说不出话了。

裴然这副模样他太熟悉了。

裴然一直是这样，不冷不淡。

罗青山当然内疚，也心虚，所以才要强装着把错塞给别人，仿佛这样他身上的责任就会变少。

"裴然，"罗青山又一次忍不住问，"你把我算作过最好的朋友吗？"

医院恢复静谧，只听得见头顶的钟表"嘀嘀嗒嗒"地响。

罗青山低头自嘲地笑，刚想说"算了"。

"算作过。"裴然说。

前段时间，裴然曾经在一个深夜思考过这个问题，直到快睡着，他才想起自己是从什么时候信任罗青山的。

高中时，裴然经历过一段时间的校园暴力。

课本被撕，课间小憩时校服被剪破，文具被丢，甚至有人在他后背写坏话。

然后罗青山帮助他，紧跟着，他的课桌里会出现新课本、新校服、新文具。

他就是从那时候才开始注意罗青山的。

医生办公室的门忽然打开,打断了两人间的沉默。医生拿着水杯经过,疑惑地看了他们一眼,不太明白患者为什么大半夜还在医院里逗留。

攥着的手机响了一声,裴然低头去看。

严准:裴老师……

上面"正在输入"半天,然后跳出一句无关痛痒的话。

严准:林许焕好吵。

裴然关上手机,回归正题:"你知道的,这件事闹不大。如果可以,我们还是希望可以和解,条件你提,我会把你从黑名单里拖出来,有什么要求直接发给我就好。"

裴然起身,犹豫了一下,还是说道:"早点回去休息。"

罗青山默不作声地咬着牙。

见面到现在,裴然没问过他一句疼不疼、难不难受。

裴然走了两步,听见身后的人问:"裴然,我们真的不能回到以前了吗?"

裴然停住脚步,回过头,很认真地回答:"是的,再见。"

回到一楼,裴然走出电梯,严准身边正站着一对中年男女。

他还没来得及看清,就被一旁的林许焕拉了过去。

"然宝贝,你怎么这么快就下来了?先别过去,那边僵着呢。"林许焕凑近他,小声道,"他爸妈。"

男人在一脸严峻地跟医生说话,女人则担忧地看着自己的儿子,严准坐在他们面前,散漫地玩手机。

消息刚发出去,不远处就传来一声响。严准一抬头,跟裴然对上了视线。

严父正好跟医生谈完,道了别,严母忙去扶自己儿子,严准躲过

175

她的手:"妈,我自己能走。"

严母一顿,点头:"好、好,那你小心一点。"

一家三口走过来时,林许焕下意识往后退了一步。

或许是几年前严父说的话太霸气,又或许是严父本身的形象就比较严肃正直,导致林许焕对这位父亲一直有种莫名的敬畏感。

严父在他们面前停下,场面陷入一瞬的沉默。

半晌,严父道:"辛苦你们大半夜跑这一趟。"

短短一句话,活像领导对下属说的。

"不辛苦,都是朋友,应该的。"教练说。

严父颔首,转身离去。

严准走到裴然面前,停下了脚步。

他们距离很近,严准说:"我跟他们打招呼了,你一会儿坐他们的车回去。"

裴然应:"好。"

严准仍旧站着,压低声音,叫了一声"裴老师"。

裴然说:"嗯?"

严准垂着眼:"你送我的按摩仪,我不小心弄坏了。"

"我知道。"

"我很喜欢。"严准说,"本来想藏着。"

"你还会有的,明天就会有。"裴然抬手,屈起食指,很轻地碰了一下他手腕上的纱布,"今晚好好睡觉,别压着手。"

30

回去一路沉默。

严母坐在副驾驶位上,先是看了一眼绷着脸的丈夫,再回头去看自己的儿子。

严准神情放松，懒懒地靠在车上，垂眸看着手机。

"小准，车上少玩手机，容易晕。"严母温柔地提醒。

严父冷哼一声："他要是听你的话，也不会让你大半夜跑来医院了。"

声音是真冷，脸色也是真臭。

他从后视镜扫了严准一眼："也就你妈肯管你。"

严准道："你不也来了吗？"

严父哽了一下，半晌才道："我是送她过来，不是来看你。"

习惯了对方的嘴硬心软，严准点头说"是"，不跟他争辩。

严母捏着手中的包包，问："小准，刚刚那几个男生，是你打游戏时的朋友吧？"

严准淡淡地"嗯"了一声。

严母道："刚才跟你说话的那位呢，是新队员吗？"

"他不是。"严准说。

严母点点头，又说："大晚上的为了你跑这一趟，下次要记得感谢人家。"

严准应："好。"

"所以，今晚为什么跟别人打架？"严父沉默良久，才问，"被欺负了？"

"没。"严准说，"我欺负别人。"

严父皱着眉从后视镜里瞪了他一眼，不再跟他绕圈圈，直接问："那人弄坏你什么东西了？至于要闹到动手？"

严准看向窗外，说："至于。"

"行了，事情都结束了，你别再对儿子板着脸了。"严母回头说，"小准，是很贵重的东西吗？妈让人再给你买一份回来。"

攥着的手机轻轻振了一下，严准垂下眼帘。

177

裴然：我到寝室了，你到家了吗？注意伤口，别碰到水。

严准敲着手机，跟严母说："不用。"

回了家，严准径直回了房间。

严父不是啰唆的人，在车上说几句这事也就过了。他洗完澡回到房间，见妻子坐在床头，满脸心事地盯着某处。

"怎么了？"他坐到妻子旁边。

"没事。"严母默了默，忽然道，"我好久没见小准跟朋友们玩在一起了。"

她高三时去给严准开家长会，从校门一路到教室，开了近两小时的会，严准就倚在走廊的栏杆上等着，没跟任何人说过话。

大一期末，她心血来潮去接儿子回家，其他学生都成群结队，互相调侃。他一个人坐在学校花园的长椅上，见到她只有淡淡一句"走吧"。

严父皱紧眉心："他性子不是一直这样？"

严母说："但他以前，至少愿意和朋友交流。"

其实夫妇俩以前并不反对严准打游戏，直到严准胃病发作，差点儿就要切胃，严母哭晕在床前，母子俩双双进了病房，严父才严令禁止严准继续打电竞。

严准一开始还犟着，直到他看到母亲躺在病床上，一夜多了许多白头发。

他一声不吭，面无表情地抱着行李离开了俱乐部。

在那之后，严准的性格就更冷淡了。

严父沉默良久，说："你别多想，睡吧。"

翌日，裴然上完课就去买了按摩仪，回学校的路上收到了林许焕的微信。

林许焕：然宝贝，我们在你学校附近吃饭呢，要不要一块儿来？

裴然：严准也在吗？

林许焕：没，他又不在学校。他不是后天才回来？

林许焕：我们在这儿，你看着地图过来吧。

林许焕发来一个地址。

裴然愣了愣，犹豫了一会儿。

裴然：我还有画稿要画，就不去了，你们慢慢吃。

林许焕：我哥不在你就不来啦？

裴然眼皮跳了一下，刚想解释。

林许焕：等等，你是不是要画我粉丝的单子？那行，那你赶紧回去，好好画，把我画酷一点，必须画得比微博上那幅帅！

裴然：好。

裴然下车后直接去了画室。

他没骗林许焕，他是真的有作业要做，不过导师给的时间比较宽裕。

画室空无一人，关上门，整个世界都静谧下来。

不知过去多久，裴然握着画笔，抿唇看着眼前的画。

心不静，就画不好。

他刚扯下画纸揉成球，被他搁在桌上的手机响了起来。

裴然起身洗了手，在电话挂断的最后几秒才接起。

裴然"喂"了一声，没得到回应，又叫："严准？"

严准低低地"嗯"了一声。

裴然问："怎么了？"

严准安静了几秒，忽然问："怎么说话不算话？"

裴然手上一顿："什么？"

几秒后，裴然看见手边的包装盒，反应过来："我买了，但是你不在学校。"

179

严准又"嗯"了一声,情绪不高。

裴然握着手机,好半天才问:"伤好点了吗?"

演了第一次,再演第二次就不觉得害臊了。严准说:"疼,没睡好。"

裴然皱眉,刚想说什么,画室的门就被人拉开了。

见到他,老师并不惊讶,只是挑了一下眉:"裴然,你在呢,正好,我有事想找你,跟我来一趟。"

裴然说:"好,您等等……"

"去吧。"严准说,"我挂了。"

裴然听了几秒的忙音,然后把手机揣进兜里,抱着装着按摩仪的盒子跟上老师的步伐。

老师找他没什么大事,就是想让他去参加一个比赛,他领着报名表从办公室出来,拿出手机看了一眼,屏幕上空荡荡的,没任何消息。

他拐进隔壁超市买了一瓶水,随意放在箱子上,然后再次拿出手机。

裴然:不然我送过去?

过了两秒,裴然又打字"方便吗",还没来得及发出去,手机就振动了。

严准发来一个位置。

严准:我帮你叫车,在车站等一会儿。

上了车,裴然把报名表收好,刚想跟严准说一声自己上车了,却发现微信里有几条未读消息。

林康:裴然,在吗?

林康:哎,这都什么事……你看看吧。

林康发了几张图过来,是讨论组的聊天记录。

起先是讨论组里有人开了个头,说严准和罗青山打架了。

——天……罗青山干什么了，能把严准气到动手？

——谁知道呢，不过严准性格本来就古怪。

——肯定是罗青山惹到人家了，就他那脾气，打个球都能跟别人起争执。

讨论了几句后，"知情人"出现了。

苏念：你真有意思，上回打球不是那人先犯规的？还能怪到青山哥头上？而且这次是严准先动的手，别在这儿受害者有罪论，OK？

——那你说说，严准为什么揍他？总不能是手闲的吧？

月儿：行，你想知道。上次崽儿生日，玩到一半严准不见了，都记得吧？是裴然把他接走的。两人之前天天在一起玩游戏，裴然和崽儿绝交的事情，严准脱不了干系。

裴然放大这个名叫月儿的人的自拍头像，依稀记得这是罗青山的同学，之前在聚会上跟苏念挨得很近的一个女生。

裴然不想再看，直接把图片关了。

林康也很纠结，他都想不通自己为什么会截图给裴然。

犹豫半晌再想撤回，系统却提示他超过两分钟了。

裴然：这个群还在吗？

林康：在，约球的群，几百人呢。严准也在里面，不过他好像一直是闭群的，反正没说过话。

裴然：可以拉我进去吗？

林康：别了吧。他们这个话题还没结束。

裴然：没关系，我就进去说两句。

裴然：麻烦你了。

林康内心挣扎许久，最后眼一闭，把人拉进了群。

月儿：算了，早点看清也好，就是心疼罗青山送裴然礼物的钱，我听念念说起码六位数。

裴然：@月儿，不用心疼，已经两清了。如果少还了什么，你让罗青山找我要。

群里的围观群众瞬间沉默，大家嗅到了"瓜"味儿，全都默契地抓紧手机。

月儿：晕，谁拉进来的啊？林康？你这就没意思了吧？

裴然没再搭理她，打开群成员列表瞥了一眼，全都眼熟，大多是罗青山和严准的同系同学。

裴然从小到大都是很淡然的性子，被误会曲解时很少会解释什么，一是嫌麻烦，二是没必要，平时吃了亏也很少跟别人计较。可此时此刻，他打字的速度飞快。

裴然：我和罗青山绝交的原因，是因为苏念当着罗青山的面诋毁我，我看不上苏念这个人，大家三观不合，没有办法做朋友。罗青山选择苏念，所以我们达成共识，绝交两清。这件事和其他任何人都无关。

群里人都震惊了，裴然平时基本不和谁深交，说话虽然温和礼貌，但交流时仿佛隔着一层玻璃。

裴然：打扰了，你们继续。

说完，裴然把群退了。

紧跟着，苏念、月儿也都火速退了群。

群里一下炸了锅，许多人招呼林康，让他再把人拉回来。

不过这些裴然都不知道了，车子到达目的地，他开门下车。

严准站在公园门口，正低头翻聊天记录。

听见关门声，严准抬起眼，看到裴然拿着一个不大不小的包装盒从车里出来，眉心轻轻地皱着，嘴角绷得有些紧。

裴然刚走近，盒子就被人接了过去，严准掰开他的手，往掌心里塞了一颗糖。

严准说："裴老师，消消气。"

31

以为是表情暴露了自己，裴然抿抿唇，说："我没生气。"

严准刚要说什么，手机就响了，是林康打来的微信电话。林康身为告密者现在已经不心虚了，一心只想吃瓜，火急火燎地让严准看微信群。反正那几个当事人差不多都退群了，也不会再吵起来。

严准接通时按的是免提。

严准淡声说："看到了。"

林康愣了一下，不太确定："我是让你往上翻翻，他们太能刷屏了。那什么，裴然刚刚进群了……"

"我知道。"严准说，"然后呢，有事？"

林康被这么一反问，哽住了，好半天才说："没事，那我……挂了啊？"

严准"嗯"了一声，率先挂了电话。

裴然没想到他会看群，皱着眉听他打完这通电话，沉默半晌后说："抱歉，是我之前没有处理好。"

他没想到事情会被扭曲成这样。

严准单手抱着纸盒子，另一只手插兜："无所谓。"

裴然不觉得无所谓："我会再跟他谈，这种事不会发生了。"

"真不用。"严准顿了一下，"你不是替我出气了？"

几句话而已，算什么出气。

裴然现在再回想，觉得自己确实是被气着了。他很少冲动做事，不过他一点都不后悔。

裴然平时要么没表情要么带着淡笑，生起气来格外明显，严准多看了几眼："晚饭吃了没？"

两人去了一家面馆。严准对吃的不挑，训练那会儿经常为了训练，一天就吃两顿，其中一顿基本是泡面。倒不是俱乐部穷到养不起选手，主要还是图省时。

他们正好占了店里最后一张空桌，现在是饭点，热闹，巴掌大的店里只有一对夫妇忙碌着，好几碗面放在出餐口处没人端，严准干脆起身过去自己拿。

严准端着面回头，看到裴然静静坐在角落里，整个人与旁边斑驳的墙壁格格不入，正盯着面前装筷子的空罐出神。

严准把面碗放到他面前，顺手扯出一双筷子掰开，放到裴然的碗上。

裴然吃面也是细嚼慢咽的，面汁漫在他嘴唇上，很快就被他舔干净。

"手还疼吗？"裴然看着他的手腕，"要不要再去医院看看？"

严准其实伤得真不重，手腕也只是皮肉伤，怕感染发炎才包了块纱布。

"一点，不严重。"

严准吃得很快，吃完的时候，裴然碗里还剩一半。

裴然夹着面，看了看严准，又看了看他面前的空碗。

见裴然吃面的速度变快，严准道："慢点吃。"

裴然咽下一口后说："马上好。"

看他脸颊被面塞得鼓起，严准觉得好笑，说："我以前习惯了。"

裴然抬眼："嗯？"

"刚打职业赛的时候，因为是新队伍，约不起训练赛，只能去给其他战队的训练赛凑人头，经常吃到一半被叫去。"严准说得云淡风轻，"后来饭都端到电脑桌前吃，大多时候是吃面。"

裴然很少听严准说这些，捏着筷子，犹豫着问："那时候……工资很少吗？"

"一个月几百一千块。"严准说，"我还好，很多人刚入队的时候没工资，只包吃住。"

那是裴然没接触过的世界，他挑起眉，惊讶又新奇，吃东西的动作也不知不觉慢下来。

晚上六七点正是堵车高峰期，两人走出面馆时，路上正好响起一道不耐烦的喇叭声。

严准说："这个时间点不好打车。"

裴然点头，正想说他可以坐地铁。

"看场电影再回去？"严准问。

进了电影院，最近上映的电影只有两种，一种是看了封面和简介就知内容的都市恋爱电影，一种是小学生都不会被吓着的国产惊悚片。

两人对视一眼，转身出了影院。

紧接着他们又去了附近的游戏城，今天周五，一到晚上，这里就被全面攻占，几乎所有机子都要排队。

饭点，旁边的篮球场也空无一人。

从球场出来，裴然莫名觉得好笑，之前那些情绪已经没了影。

他们无处可去，漫无目的地走了一段路，没人开口要离开。

入了冬，夜风吹在脸上有些痒，裴然忍不住吸了吸鼻子。

严准蓦地停下脚步，伸手拉住他的衣角："带没带身份证？"

裴然愣住，回过头看着他："带了。"

然后他就被严准带着走了。

每个娱乐场所都有冷清或休息的时候，只有一个地方不会。

男生们并排坐着，整个网吧充斥着一句句"你是真菜呀""你这难道就是失传已久的普度众生枪法""上啊上啊，你在后面看斗鸡呢"，热闹非凡。

严准推开玻璃门,见身后的人脚步迟缓,很轻地挑了一下眉:"不想玩?"

裴然说:"想。"

严准和网吧老板是老熟人了。这家网吧价格较高,不过干净,消毒很到位,包厢的隔音也很好,客人们还是愿意来。

严准轻车熟路地开了一个双人包厢。

包厢的椅子又大又软,坐得很舒服。严准拿出手机翻消息,他的手机在面馆那会儿就一直在振。

他刚回了林许焕一个问号,对方就立马打了电话过来。

"哥,打游戏吗?"

严准输入密码开启电脑:"不训练?"

"今天周五,休息。"林许焕说,"来吗?我们刚吃完火锅,马上到基地了。"

严准问:"几个人?"

"两个,就我和阿鱼,其他两个找女朋友去了……"林许焕顿了一下,"咋了哥,你那儿还有人?"

严准没应他,把手机拿远问:"他们叫着打游戏,去不去?"

裴然问:"你的手能玩?"

"不影响。"

裴然说:"那好。"

林许焕又问了几句,严准有一搭没一搭地应,转头看见裴然已经上号,并开了一局训练场。

他挂了电话,问:"怎么开了训练场?"

裴然目不转睛地看着屏幕里的靶子:"玩得不好……想练练。"

虽然只是游戏,也不能总拖队友后腿。

看了一会儿，严准说："去换个握把，换成轻型。"

裴然："嗯？"

"枪口也换成补偿器。"椅轮在地面发出轻微的摩擦声，严准起身，说，"我教你压。"

裴然正戴着耳机专注打靶，一梭子弹打完才后知后觉地问："怎么教……"

严准淡声问："想先压多远的？"

"都可以。"裴然说，"你随便教。"

严准挑了个不远不近的靶子，说："你压一遍。"

裴然听话地开枪，四十发子弹出去，靶子上只有几个弹孔，换作是会移动的敌人，压根儿一枪中不了。

裴然默了默，解释："我没发挥好。"

严准笑了一声，很轻。

"知道了。"严准说，"装弹。"

裴然装上弹。

严准说："每把枪的后坐力都有规律，M416没那么抖，你压的时候幅度不用这么大……"

裴然挪鼠标，子弹出膛，靶子上瞬间布满弹孔。

"实在不行，可以蹲下或趴着，后坐力会减小，试一试。"严准说。

"侧头压枪也能减少后坐力。

"打的时候，尽量瞄准头。"

低沉的声音一句句落下，裴然屏息由着他操控，子弹换了一次又一次。

"会了吗？"

裴然张嘴，好几秒后才说："好像会了。"

好像？

严准挑眉,还想再问,桌上的手机忽然响了起来,是林许焕打来的。

严准转身去接电话。

"干什么?"

林许焕说:"哥,我们到家啦,你们快上号。"

严准说:"上了,自己不会看?"

"可我拉你半天了,你没反应啊。然宝贝也在游戏中。"

严准扫了一眼屏幕,看到了邀请消息:"在教他压枪,马上。"

裴然长舒一口气。

进了游戏,耳机里很快被林许焕的叽叽喳喳声所充斥。

"来,然宝贝,过来我这儿,往树上开几枪。"林许焕半开玩笑道,"让我看看我哥教得怎么样,教得好的话,我也找他报个班。"

裴然被催得没办法,只好对着那棵树打了一梭子。

弹孔歪歪扭扭,从中间飘到了树枝上。

林许焕:"……"

林许焕走上前仔仔细细看了一眼:"然宝贝,我哥都教了你什么啊……"

裴然噎了一下,收起枪回头去找严准。

其实严准教得已经很详细了,但他根本没法听进脑子里……

林许焕说:"哥,你以后还是别误人子弟了。然宝贝,哪天你来基地,我教你压,咱们目光放远一点儿,直接压四倍镜的AKM。"

裴然还没来得及拒绝——

"闭嘴吧。"严准打断他的絮叨,"轮不着你。"

32

  林许焕开着直播呢,他做什么都懒,唯独直播勤快,毕竟本身就是个大话痨,开直播好歹还有弹幕搭理他。

  弹幕里都在笑他,说他自己都压不好四倍镜的AKM,还要教别人,还有人问他说话的是谁。

  "谁说我压不好?除了我哥,我没见过谁AKM玩得比我溜。不信你们去外面喊一嗓子,看看谁敢应。"林许焕道,"刚刚说话的就是我哥。对,之前陪玩那个。声音好听吧?……哦,他不接单了……帅不帅?开玩笑,大帅哥……"

  "有完没完?"严准问。

  "有完有完,说完了。"林许焕吊儿郎当地笑,"你俩现在在哪儿啊?"

  严准没理他,裴然想了想,还是开麦应道:"网吧。"

  林许焕愣了一下:"怎么跑网吧去了?想上网直接来基地啊,打车费我都给你们报销!你们在哪个网吧?不然我去找你们玩吧。"

  话音刚落,林许焕脚边突然被人射了几枪,吓得他跳起尖叫:"近点有人!我连脚步声都没听见!是个挂!"

  他原地起跳好几下,惊悚地回头一看,严准提枪开镜,枪口正对着他。

  林许焕讷讷道:"哥,我闭嘴了。"

  裴然没说话,无声地笑。

  每次和他们打游戏,裴然都特别放松和开心,一局游戏下来,哪怕一个人头都没有,他的心情都是好的。

  搜完小野区出来,发现严准他们遇上了人,听见枪声,裴然收枪刚想去看看有没有能帮忙的,旁边的人忽然伸过手来。

严准按下他的背包键，扫了一眼他枪上和身上的东西。

裴然握鼠标的手紧了紧："怎么了？"

严准直接把敌方两人"秒"了，正在去舔盒子的路上："看你缺什么。"

然后裴然就打开了新世界的大门。

他甚至没看清敌人的盒子里有什么，严准就在林许焕他们赶到之前，十秒钟内舔完了这两个盒子。

"来。"严准扫了一眼林许焕枪上光秃秃的枪口，说，"偷偷地。"

林许焕纳闷地对着直播间观众们嘀咕："我刚刚明明看到一个枪口啊……我哥不会拿的，他之前就有枪口了，我看到的……我眼花了？"

然后他一转身，目睹了两名队友的分赃现场。

林许焕："哥，你偏心！"

见被发现了，严准应得很坦荡："嗯。"

林许焕说："不公平！你把他放回来，我和然宝贝拼手速，谁捡到是谁的！"

裴然本来就没参与进刚刚那场战斗，一个枪口而已，他的实力全凭临场发挥，不在意这个，闻言转身想去跟林许焕拼手速。

"两个人都是我杀的，盒子也是我凭本事舔的。"严准问，"我捡到了就是他的，哪里不公平？"

林许焕没在意严准话里某些奇怪的逻辑，他有强迫症，身上的枪差一个枪口就满配了。见这条路走不通，他决定走另一条："然宝贝，来，先把这个枪口给我，我一会儿杀了人再舔了还给你。"

裴然原本都朝林许焕的方向走去了，严准话刚落，他又回了头。

裴然说："你去搜房子找找吧。"

林许焕："……"

林许焕摇头"啧啧"，心说裴然都被他哥带坏了，以前裴然可是什么配件都肯分出来的。

严准:"有没有轻型握把?"

裴然说:"有,我刚捡了一个,一会儿给你。"

林许焕随便进了一间房子,看到地上的轻型握把,又看了一眼地图,他离严准比较近。

"哥,我这儿捡到一个,我给你吧。"林许焕边说边往严准那儿跑。

然后就见严准与他擦身而过,头也不回地去了裴然那儿。

"丢给我。"

愉快四排到深夜十一点多,回到游戏大厅,严准扫了一眼时间,开麦道:"我们不打了。"

说完,他不顾林许焕的挽留,把耳机摘了。

"回去吗?"他转过头问。

裴然自然说"好",跟林许焕打了招呼,说了再见才下号,关电脑的时候严准已经穿好了大衣。

两人走出包厢,网吧此时依旧坐满了人,不过没有白天这么吵了。他们肩并肩走着。

迎面走来几个打打闹闹的男生,裴然下意识侧了侧身子,很轻地撞了一下严准的手臂,严准以为他没站稳,扶了他一下。

裴然还没来得及做出什么反应,那几个男生忽然在他面前停下了。

"裴然?"为首的男生挑起眉,叫了他一声,"你怎么会在这儿?"

裴然看过去,是一张眼熟的脸,但他想不起来在哪里见过了。

裴然说:"来上网。"

男生一听,寻思自己问得确实有点傻,把自己逗笑了:"怎么就你啊?罗青山呢?"

裴然一愣,想起来了。

他是罗青山高中时外校交好的朋友,高中刚毕业时他们一起吃过一顿饭。

严准垂着眼,神情未变:"我去前台等你。"

裴然沉默了两秒,说:"好。"

看得出那几个男生和罗青山关系确实不错,光是提了他的名字就能原地聊起来,裴然静静地听他们说了一会儿,终于有人问:"他没跟你一块儿来?"

裴然"嗯"了一声,然后说:"我们已经不联系了。"

场面霎时间安静下来。

"这、这样啊。"为首的男生尴尬地挠挠头。

"嗯,"裴然问,"还有什么事吗?"

"没有了……"

裴然点点头:"那再见。"

严准倚在前台玩手机,老板跟他聊了两句,看他兴致不高也就没吭声了。

可能过了许久,也可能只有一会儿,严准有些站不住了,他敲了敲柜台,问老板:"来包烟。"

"你喜欢的那个牌子没了。"老板拿出自己的,"最后一盒被我开了,你拿一根过个瘾吧,不过你得出去抽,我这儿禁烟。"

严准接过来,叼进嘴里。

"我好了,走吗?"

老板正要给严准递打火机,就见严准忽然伸手把烟摘了,握进手心里。

然后他表情自然地回头,对身后的人说:"好。"

夜寒风急,更深露重。这条街其他店铺已经到点关门,只有寥寥几家烧烤店还亮着灯,两人无言地走着,出租车都去隔壁的夜店一条街拉客了,这边又是单行道,一路开过的车子都挂上了"有客"。

裴然垂着眼睛，在想怎么开口。

他觉得严准有些不高兴。

雨最初砸下来的时候，裴然鼻尖上落了一滴，冰冰凉凉。

冬日的雨没有预兆，说来就来。一场大雨降下，街边坐着吃烤串的客人们先是一愣，然后狼狈慌张地起身往店里躲。

裴然和严准躲到了旁边的便利店。

他们没有进店，建筑顶端的屋檐给他们留了一块干净地，店家还在这儿放了一张长椅，方便客人们吃关东煮和甘蔗。

屋檐不宽，两人坐着都得收着腿，不然就会被淋到。

虽然只淋了那么一小会儿，但裴然身上还是湿了，发尾被雨水凝聚在一起。

严准进超市买了一包纸巾，抽出一张："过来。"

裴然想说他自己来，顿了顿，还是乖乖把脑袋凑了过去。

裴然的头发很软，严准擦拭的动作原本还有些僵硬，到后面就不知不觉变轻了。

严准松开他柔软的黑发。

"好了。"

第五章

我等你很久了
The long wait

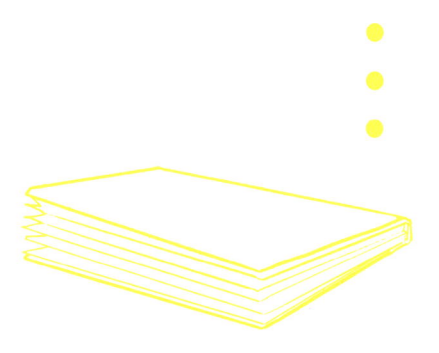

33

雨势渐小,已经有不少人冒雨行走,店家也在店外支起了伞。

严准已经坐直了身。

手机忽然响了一声,裴然下意识去掏口袋,手肘却不小心碰到了桌子,手机滑落到地面,发出一声闷响。

裴然刚要捡,严准先弯了腰。

"脏,等等。"严准捡起手机,抽出一张纸巾,擦了擦手机屏幕。

这时又有消息进来,严准目光扫到屏幕上的预览内容,很快又撇开,他把手机递给裴然。

罗青山:我听小漾他们说在网吧遇见你了,我没来得及跟他们说,对不起。

罗青山:我刚刚在打球,群里的事我不知道。

罗青山:对不起。

罗青山:我们以后能不能继续做朋友?

裴然才看完消息,身边的人就忽然站起身。

"我去买伞。"

等裴然回过神来,他已经拽住了严准。

严准停下脚步,低头看他:"要买什么吗?"

严准的手上漫着一股淡淡的药味。许久,裴然才抬起头问:"我能和他做朋友吗？"

严准难得地怔了一下，望着裴然的眼睛，像是察觉到了什么："我说了算？"

裴然说："嗯。"

"为什么？"

裴然小声地应了一句："因为现在你才是我最珍重的朋友。"

面前的人没了声。

裴然一说完就后悔了，他从来没说过这样的话。

"裴然。"严准说，"我不想你和他做朋友，不想你和他联系，因为你也是我最珍重的人。"

严准揉裴然的头发："裴老师。"

裴然："嗯？"

"以后我们做对方最好的朋友？"

裴然眼睫轻颤，先是"嗯"了一声，几秒后，又说："好。"

最后两人一起进了便利店，买了伞。

"我明天回学校。"上车前，严准对他说。

裴然下意识说："明天周末，没课。"

严准说："嗯，回去看看你。"

车门关上，裴然报了学校地址，偏头看向窗外。

深夜，路上没什么车，司机一直把车速踩在超速线内，路灯一盏盏从窗外往后退。

回到宿舍，裴然冲了个澡。

他慢吞吞搓着头发，拿起手机去看未读消息。之前他在群里说了那么几句后，收到了不少私聊消息，甚至还有一些好友申请，他一直没点开。

裴然习惯很好，收到消息，几乎都会回复。好不容易把未读消息看完，又有一条新消息跳到顶端。

严准：忘了说，谢谢裴老师的新礼物。

裴然做了一晚上的梦，梦里有雨，有便利店，还有严准。

睡醒的时候他还有些蒙，盯着天花板发了很久的呆。

下床洗漱后，他给自己泡了一杯咖啡，配着饼干当早餐。

直到罗青山又发了一条微信来，裴然才想起自己昨晚在便利店时看完消息便关了微信界面，没有回复。

他在去医院那晚把罗青山从黑名单拉出来，一是为了严准的事，二是他想起自己还有些东西没有还。

裴然已经不记得高中校服和课本的定价了，直接转了一千块钱过去。

罗青山发来一个问号。

裴然：高中时校服和课本的钱，以前谢谢你。

罗青山：什么校服和课本？

裴然：你放在我抽屉里的那些。

罗青山：你是不是记错人了？

罗青山：我没在你抽屉里放过校服、课本啊。

罗青山：我都不知道那些玩意儿在哪儿买。

罗青山：今天没课，你怎么醒这么早？

裴然握着手机，有些微微出神。

仔细想来，这件事的确从来没核实过，因为罗青山是当时唯一一位对他散发出明显善意的同学，他潜意识便把这件事扣在了罗青山身上。

罗青山的消息一条接着一条，振得他手心发麻，他恍惚了好一会儿才低头去看消息。

罗青山似是察觉到什么，追问了很多。

裴然：没事了。还有，不了。

罗青山：什么不了？

裴然一边把残渣和包装袋收拾好，丢进垃圾桶，一边敲字回复。

裴然：不做朋友。

罗青山没再发消息过来。

以往周末裴然没事做都会去画室，今天有同学在群里找他，约他一块儿去画室，他两三句拒绝掉，随便开了一部电影打发时间。

刚听两句台词，他就低头看手机。

大白兔奶糖的头像在列表里静静躺着，最后一条消息发送时间是凌晨两点。

他多看了那个头像几眼，继续往下滑，翻出了自己的高中班群。

群早就冷了，十天半个月才有人在里面聊一次天。裴然点开群成员列表，一一往下滑，想找出当年往他抽屉塞东西的人。

翻来翻去，找不出一个吻合的，干脆作罢。

九十分钟的电影结束，裴然压根儿不知道情节是什么，也懒得再倒回看，滑着鼠标意兴阑珊地找新影片。

手机忽然振了一下，他低头去看。

严准：醒了吗？

裴然：醒了。

严准：我在校门口。

裴然套上大衣就出了门。

严准身材颀长，帽子戴得很低，一低头帽檐就挡住了他的眼睛，他站在校门处非常显眼。

裴然走近时，严准正背对着他打电话。

"我今天没空。"严准说。

电话另一头是教练，嗓门儿极大："就两场训练赛，耽误不了……大周末的，你能有啥事要忙？"

嫌他烦，严准直截了当地说："重要的事。"

34

教练原本准备好了一大通说辞，全堵在了喉咙，半天才挤出一句："啊？"

严准"嗯"了一声，打断他的思绪。

"那行，那你……先忙。"教练想了想，"要不你来基地玩？"

严准刚要开口，就见有个路人往他身后瞥。

他似有所感地转身，看见身后站着的人，很轻地挑了一下眉。

虽然入了冬，但中午还是有太阳，裴然的外套扣子没系，里面简单穿了件白衣，穿得急，衣领有些歪，他正低头看着严准脚边的行李包。

严准的惊讶只有一瞬，他摘下帽子，给裴然戴上。

他捏着帽檐调整位置："不去。"

教练那边已经有了动静，想来身边还有其他人，其中林许焕的声音最明显。

严准说："没事挂了。"

"哎，等等，还有，"教练叫住他，"那你今晚还过不过来？"

"嗯。"

严准把电话挂了。

为了挡日光，严准把帽檐压得很低，裴然得抬头才能跟他对上视线："等很久了吗？"

"刚到。"严准说，"冷不冷？"

裴然摇摇头，视线又放到他脚边的行李包上。

严准跟着他瞥了一眼，解释道："在学校住不惯，我今晚搬到基地去。"

"不过今天下午他们有采访，我晚上再过去。"严准说，"在那之前，你收留收留我？"

TZG 基地，教练在众人注视下挂断了电话。

整个通话过程他都是开免提。

林许焕皱着脸，没忍住，在等替补过来时拿出手机发消息。

林许焕：然宝贝，你在哪儿啊？

几分钟后，对面才回复。

裴然：宿舍。怎么了？

林许焕：没事没事，就是想你了，有空来基地找我玩，说好了要教你开着四倍镜压枪的。

林许焕的消息发过来时，裴然的手机正好落到严准手上。

裴然洗着葡萄："他有急事吗？"

严准坐在裴然的椅子上："没有，闲得。我帮你回？"

裴然说："好。"

裴然：不需要。

林许焕：为什么呀，杀人不爽吗？

裴然：我有严准。

林许焕：嘻，我哥以后没空教你了。

裴然：啊？

林许焕：他最近很忙，眼里没有兄弟的。

严准原本不打算回他了，看见这行字后，重新点开键盘。

裴然：你说得对。

后来林许焕又连着发了好几条，想从裴然这儿探点口风，手机提示声叮叮咚咚地响。

严准给林许焕发了一句"有事"，把裴然的手机放回了桌上，过程中不小心碰到鼠标，待机中的电脑屏幕瞬间亮了起来。

　　严准扫了一眼屏幕，几款游戏、几款他不认得的绘图软件，还有一些存在桌面上的画稿。

　　最末的那张画稿引起了他的注意，从小图就看得出来，是林许焕之前在"非与衣"微博里发现的那幅画。

　　微博上，"非与衣"给它的配文只有最简单的"分享图片"。

　　但私底下，在裴然的电脑里，它的文件名是"严准"。

　　裴然垂着脑袋，正在往上翻严准和林许焕刚刚的聊天记录："你住在基地会不会不方便？"

　　严准说："不会，住惯了。"

　　"上次在宿舍的事……舍管有说什么吗？"

　　旁边的人安静了一会儿，忽然叫他："裴然。"

　　裴然下意识抬头："嗯？"

　　严准靠在椅子上，两手随意垂着，问："你还画过别人吗？"

　　裴然眨了眨眼，说："有，很多。"

　　严准："……"

　　"我微信里加了几位人体模特，都很敬业。"裴然说，"私人画稿也接过，画过明星，也画过电竞选手。"

　　意识到自己的问题有些蠢，严准忍不住扯了一下唇："我是指……除这些之外，私人，私底下，画过别人吗？"

　　裴然眸光动了一下，说："没有。"

　　他顿了顿，又认真地补充："只画过你。"

　　严准跟他对视几秒，忽然垂下眼皮问："葡萄甜吗？"

　　裴然说："甜，你尝一颗。"

　　严准"嗯"了一声。

35

严准回基地时,其他人还在训练。今早 PUBG 赛事主办方发了公告,下周三赛程恢复。

严准一开始其实没打算住在这里,一是不想打扰他们训练,二是虽然基地和学校离得近,但来回还是需要时间,不如在学校附近租房来得方便。

教练说了好几次,他才点了头。

"哥,"林许焕透过玻璃瞧见他,抽空朝他使劲儿挥了挥手,"来这儿!"

严准把行李包放在沙发上,进了训练房。

已经接近晚上十点,训练赛早结束了,其他人正在训练场练枪,林许焕和突击手在打双排,这会儿已经进了决赛圈。

他坐到林许焕身后的椅子上,低头发消息。

林许焕把最后一个敌人杀死,跳出吃鸡页面,很臭屁地冷哼一声:"我都说了,我用四倍 AKM,无解。"

说完,他拿出手机拍了一张电脑屏幕的照片。

突击手嫌弃地问:"你是哪来的土包子,吃把鸡都要拍照留念?"

林许焕说:"我拍给我的新徒弟看。"

"谁这么倒霉,成了你新徒弟?"

"我然宝贝儿啊。"

林许焕话音刚落,脑袋就不轻不重地挨了一下。

他愣了愣,纳闷地转头:"哥你干吗?"

"他有名字。"严准说完扫了一眼屏幕,嗤笑一声,"四个人头,这就是你的四倍 AKM?"

林许焕狡辩的时候,教练拎着夜宵进来。

"吃点东西再练。"他抬抬下巴,对严准说,"你的我让他们单独包装了,没加辣。"

严准说:"吃过了。"

烧烤味道香浓,一进屋,其他人就受不了了,全关了游戏围到桌边。

"哥,你吃了夜宵才回来的?"突击手问,"吃的什么?"

严准说:"面。"

"在外面吃的?"

严准敲着手机,头也没抬地问:"转行当狗仔了?"

突击手"嘻嘻"笑了一声,低头专心吃烤串儿。

等消息的间隙,严准舔了舔嘴唇。

夜宵吃的是葱油拌面,学校门口的十年老店,今晚难得不用排队。

桌上在聊比赛的话题,经过一段时间的休赛,很多队伍的打法都会变,教练在预测几个强队的跳伞地点。

聊着聊着,桌上忽然有人起了身,其他人都忍不住望了过去。

是队里的狙击手兼指挥,也是队里的老大哥,他拿起桌上的打火机,说:"我出去抽根烟。"

林许焕看了一眼他面前的桌子,上面只有两根竹签:"维哥,你就吃这点儿啊?"

"嗯,我晚饭吃得很饱。"维哥说,"你们慢慢吃。"

他路过严准身边的时候,严准闻声抬眼,正好看到他掏烟的手在抖。

严准心一沉,开口叫了他一声,他下意识把手插进兜里:"怎么了?"

严准跟他对视两秒,然后说:"少抽点。"

周三，PUBG 赛事重启，比赛强队云集，现场观众席坐满了人，赛事直播间也爬到了人气榜第一。

这天，裴然刚放学就被老师叫住。老师叮嘱了几句话，直到其他同学走光才摆摆手准他离开。

裴然背着包出去，严准背对着教室门站着，戴着一边耳机，低头在看手机里的比赛直播。

感觉到身边来了人，严准瞥过眼去，表情放松了一些："被留堂了？"

"嗯。"裴然垂下眼，"是 TZG 的比赛吗？情况不好？"

哪是情况不好。

这是第三局了，TZG 没有一局进过前五名。

严准拿起另一边耳机："要听吗？"

"好。"

裴然刚说完，严准就帮他把耳机戴上了。

严准在外面站了一会儿了，手有点冷。

耳机里，解说在说话。

"TZG 状态不行啊，是前段时间训练太放松了吗？"

"又没狙过对面，TZG 的狙击手怎么了？这几局好像一直在出岔子——被补掉。"

"TZG 开始三打四，糟糕，右边有队伍听见枪声过来了，TZG 要被包围了呀！"

"TZG 被团灭，获得了……第六名。"

严准摘掉了耳机。

他正要说什么，就听见身后传来开门声。

老师边打电话边走出画室，见到门外站着的人，说到一半的话停住了。

"老师再见。"裴然说。

老师回过神来，朝他们点点头："……嗯，早点回去。"

老师走后，裴然问："等很久了吗？"

严准早早就来了，画室后门上有一块玻璃，正好能看见裴然和他的画。

不过他没偷看多久，就靠到围栏看比赛去了。

前几天看到的事在他心里落下一块疙瘩，不确定，他不安心。

"不久。"他说。

裴然垂眸看着他手中还在播放比赛的手机："不看了？"

"还在中场休息。先去吃饭？"

裴然说"好"，走下两级台阶，又忍不住道："他们总排名一直很靠前，下一局好好打，还能回前三的。"

严准沉默了一下："打不了了。"

裴然："什么？"

"维哥的手出了问题，打不了了。"严准说。

严准早在这几天的训练赛就找出了蛛丝马迹，上了赛场后更加确信。

开镜迟缓，移动靶没打中过几次，连捡东西都比平时慢了一点点……使这个狙击手成了队伍里最明显的短板。

裴然哑然。

TZG的最后一局比赛中果然不见维哥的身影，是替补上的场。这场林许焕表现极佳，在三位队友阵亡的情况下，努力苟到了第三名。

两人刚吃完晚饭出来，严准的手机就响了。

教练语气严肃，让他回基地。

"那你赶紧去吧，我自己回宿舍就好。"裴然说。

在裴然转身之前，严准伸手抓住他背包垂着的那根带子。

"明天有课吗？"严准明知故问。

裴然说:"没有。"

严准"嗯"了一声,问:"要不要来基地看看?"

输了比赛,TZG众人依旧神情自若,训练的照样蹲在训练室,没法训练的回房间洗澡休息。

打了这么久的比赛,心态没那么差。

不过也有不同之处,林许焕和突击手双排时,两人频频往维哥紧闭的房门那儿看。

严准来时,两人恰好在中场休息,在客厅沙发上摊平。见严准进来,林许焕腾地坐起身:"哥……然宝贝!"

严准把盒子放到桌上:"裴然买的甜品。教练呢?"

"复盘室,待两个小时了。"林许焕打开甜品盒,说的话比里头装的泡芙还甜,"看起来好好吃,然宝贝真好。"

严准懒得纠正他的称呼了,回头:"你先上去?房间是三楼左拐第一间,里面的东西你随便用。"

裴然摇摇头:"我等你。"

严准推开复盘室的门时,大屏幕亮着,上面放的是今天最后一局比赛。

他关上门,坐到教练旁边,陪他一起看。

"反应太慢。"镜头给到今天上场的替补后,教练开口,"经常出现在不该出现的位置。"

严准懒懒地"嗯"了一声:"私底下应该练了很久的狙,近战短板太明显。"

教练:"跟不上队伍节奏。"

严准说:"不过瞬狙[1]打得还行……'秒'了一个。"

---

[1] 电子游戏术语,指在打开倍镜视角的过程中瞬间狙杀。

207

"团队有四个人,击倒一个,补不死也没用。"

替补被击杀的同时,教练抬手按了"暂停"。

"不看了?"

"回来打吧。"

两人同时开了口,话音落下,房间陷入沉默。

严准嗤笑一声:"你疯了?"

教练抿了一口茶,说:"没疯。"

"阿维的手出问题有一段时间了,前阵子打了封闭,想撑完这次大赛,不过目前看来……不太行了。这期间,我联系过很多人,今年更是劳心劳力训了三批青训生,没一个能直接拿出来用。二队的突击手还行……但我现在不缺突击手。"

严准笑意退去,说:"我也是突击手。"

"你不一样。"教练说,"你可以打自由人。"

自由人,队伍的四号位,最考验玩家的综合能力。不仅需要过硬的技术,还要在杀人的同时判断队伍转移位置、扫尾防偷袭,能干的全干,不能干的想办法干。很多队伍中,自由人都担任着指挥一职。

在这几年比赛中,TZG 是强队中唯一没有自由人定位的队伍。

严准沉默片刻,无奈道:"我多久没打比赛了,出彩的新人这么多,你没必要招个老弱病残……"

教练打断他:"你能不能打,我是教练,我心里比你清楚。"

"我知道让你放弃学业很困难,叔叔阿姨或许不会同意。"教练显然是有备而来,他翻开桌上的文件,"但我总得试一试。

"年薪这个价,暂时没林许焕他们高,但绝对是所有战队的新人里最好的价格。包五险一金,每年免费旅游两次,广告费、直播费另算,包吃包住,什么都包,你要是愿意,给你包办婚姻都行。

"队里有理疗师、按摩师、营养师……每场比赛都有医生陪着去,手腕的磨损没法避免,但队内会尽全力护着。其他毛病,比如你的胃病,不会再让你犯。"

"至于学业……该训练还是要训练,不过基地离你学校近,你要是受得了,我也不会说什么。"

"严准。"教练合上文件,推到他面前,"我现在郑重邀请你加入 TZG,希望你能好好考虑。"

严准垂眸看着桌上的文件,手指摁在上面,用力到指甲都发白了。最终,他把文件往自己这边挪了一点。

"我想想。"

教练暗自松了一口气,说:"如果有什么别的要求……可以再谈。"

严准出去之前回过头问:"维哥以后什么打算?"

"退到幕后,当副教练。"

严准颔首,关上了复盘室的门。

36

虽说 TZG 的两个突击手一向心大,但输了比赛,队友还出了这种事,心情难免受到影响,他们随便跟裴然聊了两句就继续躺着没声儿了。

裴然坐在沙发上玩手机。

他一向不健谈,没人说话,他就不开腔,干坐着显得尴尬,就随便找点事做。

热搜榜上挂了两条关于 TZG 的话题,裴然点进去看了一会儿,给几条说得中肯的微博点了赞。

手机忽然振了两下。

林康:裴然,有空吗?

裴然：怎么了？

林康：给你看个帖子，我女朋友非让我转发给你……

林康发来一个链接，"满城大学吧——爆料——满大电子信息的苏念，每周末都和我朋友约……有图"。

林康：她还让我带话……你看不上这种人是应该的！

裴然哭笑不得。

裴然原本以为，"有图"指的是聊天记录之类的。

万万没想到，是苏念不光彩的照片……

看到这张照片，裴然意兴阑珊地关了界面。

严准从复盘室出来，林许焕听见声响立刻睁了眼，仰着头倔强地又问一遍："哥，打两把吗？"

"不打。"严准话音刚落，二楼也传来了开门声，几人不约而同地往上看。

维哥握着杯子走出房间，挑了一下眉："都看我干什么？小准，来了？"

维哥是队里年纪最大的，马上二十五岁了，队里也只有他和教练会叫严准"小准"。

严准"嗯"了一声："泡咖啡？"

"没，倒杯水。"维哥语气比其他人都轻松，他下楼走向茶水间，"有空没，聊两句？"

两人话都不多，说聊两句就是两句。林许焕都还没来得及八卦他们说了什么，严准就从茶水间出来了。

林许焕问："哥，真不玩？双排单排我都玩腻了。"

"不玩。"严准走到裴然身边，单手拎起他的双肩包，"我们上去了。"

TZG是国内名牌战队，也是所有青训生和新人挤破头都想进的战队。光是一个 *PUBG* 分区的基地都是一栋五层大别墅，电脑配件摆满了一个仓库，健身房、电影房、台球室等应有尽有。

严准的房间就在林许焕隔壁，大小和装潢都跟队员们一样，带独卫，电视、电脑都有。

严准的房间开着窗，帘子被夜风搅成浪，那顶常戴的黑帽子被他随手挂在椅子上，被子整理得随意，看上去又不会太乱。

干干净净，也没有别的什么味道。

严准把背包放在椅子上，转头问："今晚还回去吗？"

严准看了一眼时间："现在晚了，担心回去后舍管不给你开门。"

严准神情自然，只是留好友留宿。

裴然："好。"

他们晚饭吃的是川菜，衣服都沾上了味道。严准给裴然拿了一件自己常穿的家居服，当初图宽松舒适买的，到了裴然身上还要更宽一点。

严准洗完澡出去时，裴然侧着身躺在床铺右侧，眼睛闭着，不知道是什么时候睡着的。

严准很长地吐出一口气。他放慢脚步上前，扯过被子一角盖到他肚子上，室内有暖气，温度倒也不低，盖多就热了。

严准洗澡时习惯性洗了头，这下吹风机也用不了。手机响了一声，是教练发来的消息，说队里安排的几位理疗师已经在路上了，问要不要顺便帮他按按手。

严准回了一句"不用"，打开抽屉拿出一盒没开过的烟，打算去阳台利用自然风吹吹头发，出去之前还把房间的灯关了。

夜风一吹，人就冷静多了。

严准很久没碰烟了，吸了一口就夹着没再抽。他倚在栏杆上，垂眼看着楼下那盏路灯出神。

在茶水间，维哥其实没说什么。

他说他十五岁接触电竞，以前打 CS[①]，现在打 $PUBG$，四舍五入也快打十年了。十年里被吹捧、被谩骂，待过低谷也攀过巅峰，没有遗憾，已经满足了。

然后他问严准，你呢？

你满足吗？

裴然睁眼时，正好看到阳台那抹火光。

他都不知道自己是怎么睡过去的，可能因为昨晚画图熬得太晚，今天又上了一天的课，方才在客厅他都差点儿睡着。

裴然意识回笼，掀开被子下了床。

他赤着脚，没发出任何声音，直到他拉开阳台的门，严准才回过头来，见到他后挑起眉，顺手把烟掐灭了。

以为是自己吵醒了他，严准问："烟味飘进去了？"

"没有。"裴然说，"怎么站在外面？我刚刚……把床都占了吗？"

严准笑了一下："没，我出来吹吹风。"

裴然看了一眼他的头发："湿着头发吹风？"

"嗯，吹个造型。"严准把烟灰缸放得远了一点，"先进去，外面冷。"

"你呢？"

"我等身上烟味散了。"

他走出阳台，顺手拉上了阳台的门。

严准的轮廓隐在黑暗中，他不笑时就显得冷淡，垂下的眼睛里仿佛有一牙弯月。

——唰！

一声清脆的拉门声粗鲁地响起。

[①] 电子游戏，指《反恐精英》。

两人齐齐转头看向声源处。

TZG 每个房间都有阳台，阳台是分开的，中间只隔了一小段距离，随随便便就能隔空对话。

林许焕就站在隔壁阳台，光着膀子，腰间松松垮垮系了浴巾，手里拿着挂在衣架上的红内裤，保持晾衣服的姿势，呆若木鸡地看着他们。

更深露重，他的红内裤在冷风中瑟瑟发抖。

一时间没人说话，也没人有其他动作。

林许焕满脸问号。

见他没动，严准凉凉地问："怎么，打算握到风干？"

林许焕颤巍巍地把内裤挂好。

挂是挂好了，他人还站在那儿。两人又对视了一会儿。

严准问："要看风景？"

林许焕终于找回声音："没有！"

严准说："进去。"

林许焕："好嘞，哥。"

37

林许焕进屋时还紧紧攥着自己的浴巾。

突击手就坐在他房间的沙发上刷微博，抬眼问："你刚刚跟谁说话呢……有粉丝在外面？浴巾攥这么紧干吗？"

他们基地的地址不是什么秘密，经常有战队的粉丝来基地外打卡。

林许焕快步走到沙发，坐下："快，抽我一巴掌。"

"啪"，一声清脆的声响。

突击手表情都没变，朝他脸上就来了一下。

虽然不疼，可林许焕还是被抽蒙了："你真抽？"

"我们是兄弟，这点小事我一定满足你。"突击手说，"我再给你来一巴掌吧，我觉得你还不够清醒。"

林许焕说："你来，你看我这次还不还手。"

两人闹着闹着就往门外冲。

动静这么大，隔壁想听不见都难。

严准房间黑着灯，听见林许焕的叫骂声，皱着眉眍眼。

裴然侧身睡着，他睡觉很安分，不乱动，也没有坏习惯，林许焕嗓门儿这么大，他也只是颤了颤睫毛，呼吸均匀。

严准一只手去拿手机，飞快地打出一行字。

准了：要打架，下楼打。

林许焕：不打了哥，我马上用胶带把自己绑在床上。

严准懒得跟他贫，把手机放好。

翌日清早，他悄声下床洗漱，出门晨跑。下楼时 TZG 几位成员刚通宵完，正围着餐桌吃面。

教练本来在教育人，让他们比赛期别通宵，见他下楼来，也没了声儿。

"这么早就起了？"教练轻咳一声，问。

严准弯腰系鞋带："嗯。"

几人一句句"睡得好吗""暖气足不足"丢出来，直到突击手问"我们训练没吵着你吧，哥"时，严准终于皱起眉。

"行了，你们别说话了，赶紧吃完，上去睡觉。"教练喝了一口牛奶，重新看向严准，"要去晨跑？"

严准应了一声。

晨跑路上，严准接到了家里的电话。

他在桥边停下脚步，待呼吸稍稍平息才接起来："妈。"

"小准。"严母问,"你搬出学校了吗?"

毕竟闹矛盾的对象是舍友,那次从医院回家后,严母就让严准换寝室或搬出学校。

"搬了。"

"好,租的哪里的房子?"

严准望着江景,片刻才说:"我搬到基地了。"

电话那头沉默了一会儿,严母半晌才明白"基地"是哪里。

严准以为她会表露出疑惑或是不解,没想到等了许久,只听见她问:"住得习惯吗?"

严准握着电话的手机紧了紧:"嗯。"

"好,既然住过去,房租多多少少还是得交,平时也要少麻烦别人。"严母说到最后顿了一下,"一定要按时吃饭,好好照顾自己。"

严准回基地的时候裴然已经醒了,他刚打开门就撞见裴然从厕所出来,身上带着洗漱过的薄荷味,因为睡姿没变过,一侧头发被压得轻轻翘起,穿着过宽的T恤,整个人看着懒洋洋的。

"醒了?"严准问。

"嗯。"裴然抬头看他额间的汗,声音略显困倦,"去跑步了?"

"跑了一会儿。"严准,"我冲个澡,等我。"

严准从浴室出来时,裴然坐在他的椅子上,正在打电话。

"云老师……是,很久没联系了。"裴然说话时垂着眼,像极了上课时的模样,"我很好,您呢?……班群?我偶尔会看,但有的时候看得晚了,大家已经聊完了,所以没怎么说话。"

听见"云老师"这个称呼,严准挑了一下眉,默不作声地走到裴然跟前站着。

"云"姓不多见,他记得裴然高二时换的班主任就是这个姓。

他没记错的话,当年也是这位老师,顶着各方压力,给误伤罗青山的那位同学"争取"了两个大过处分。这件事当时闹得沸沸扬扬，其他班的人也都知道。

聊了近十分钟，裴然才挂了电话。

"饿了吗？"严准问。

裴然说："有一点。"

"阿姨回去了。"严准说，"我给你做，冰箱里有面有饺子，想吃什么？"

裴然说："跟你吃一样的。"

简单一句话，听得严准心里莫名舒服。他说："嗯，给你加餐，多煎个蛋。"

严准才转过身，就被裴然拽了一下。

"下个月七号，我要去一趟高中同学聚会。"裴然说。

高中同学聚会。

严准垂着眼，良久才说："好。"

复了他又问："去哪里？"

"不知道，我还没来得及看群消息，老师说是本地的温泉酒店。"裴然道，"比较远，可能要过夜。"

严准"嗯"了一声，听不出情绪。

裴然安静地等了一会儿，严准都没再说话。他飞快地抿了一下唇，问："你没空吗？"

严准愣了一下："什么？"

裴然顿了一下："我问了，可以带朋友去的。当然，你如果没空，我自己去也可以。"

同学聚会当天，天气阴沉，雨似乎随时都能落下来。

组织者是当年的班长，集合地点在母校门口，租了两辆大巴车一起过去。

这次临时决定聚会，是因为当年的班主任马上就要退休搬去外省了，所以来的人比较齐，还没到约定时间，校门口就聚集了二十多个人。

罗青山刚到就被老同学叫住聊天，他扯着嘴角应了两句，抬头开始扫视到场的人。

老同学还以为他是在找当年跟自己打架的人，忙说："放心，我们没叫那几个人。"

当初在班里带头欺凌同学的那三个男生，毕业之后没有任何人再和他们联络过，这次自然也没人会邀请他们。

罗青山说："那就好，老师呢？"

"担心会下雨，班长让他和师娘在车上等。"老同学说完，看了看他身后，"裴然没和你一起来？"

"没有。"罗青山顿了顿，略显局促地拿出手机，"不然，我给他打电话问问……"

"我刚刚打过了。"班长走到两人身后，说，"他说马上到。"

哗啦——

雨倾盆而下，大家先是一愣，然后纷纷举起背包挡雨，往大巴车里跑。

"雨还挺大的，咱上车等吧。"

"你们先上去。"罗青山打起伞，说，"我去车站等裴然，担心他没带伞。"

"不用吧。"班长说，"他和朋友一块儿来，你这伞也遮不了三个人啊。"

罗青山脚步一顿："什么朋友？"

"裴然的啊。"班长说，"他特地私聊跟我说的。"

刚说完,旁边的人忽然喊了一声:"裴然来了!"

罗青山呆滞地回过头去。

雨幕中,裴然和严准打着一把伞并肩而行。灰伞打得有点低,遮住了他们的眼睛,看不清表情。

38

窗外倾盆大雨,巴士里热热闹闹。

毕业没几年,大家都还熟络,依旧有聊不完的话题。只是大多人聊着聊着,视线都忍不住往车内倒数第二排的座位飘。

裴然带来的人,大家基本都认识。

严准,以前也是满中的,他们的同届同学,男生知道他是因为他游戏打得好,女生则是因为他长得帅。

巴士开到半途,经过一段山路,车子抖得厉害。坐在罗青山身边的好友终于忍不住小声问:"你和裴然……闹掰了?"

罗青山正在嚼口香糖,心冷不防被人戳了一下,闷闷地应:"嗯。"

到酒店时雨刚停,大山里的空气清新好闻。下了车,班长很快跟酒店沟通好,把房卡分给大家。

还没到晚饭时间,马上就有一批人商量一块儿去泡温泉。

裴然原本想跟云老师打个招呼,但老师有些晕车,一下车就去了房间。

等裴然拿着房卡回来,严准问:"要和他们去泡温泉吗?"

裴然摇摇头:"回房间。"

班长统一给大家开的是标间,不过酒店规模大,标间也足够舒适。

进了房间,严准刚放下行李包,就听见"唰"的一声,裴然把窗帘拉上了。

"睡一会儿吧。"裴然说。

严准摘下棒球帽,挂到一边:"好,困了?"

"我是说你。"裴然顿了一下,"不是今早五点才睡吗?"

TZG队内指挥手出了问题,没办法再继续打比赛,只能让替补上。为了练习默契,TZG这段时间紧急加训,严准经常陪训,一陪就到深夜。

五点睡着,中午就醒来收行李,刚才还在车上颠簸了近两个小时,换谁都累。

严准问:"我吵醒你了?"

"没,林许焕告诉我的。"

严准点点头,从口袋里掏出手机顺手给林许焕发了一个"抹脖子"的表情,把手机调成静音才丢到桌上。

严准脱了外套,里面只剩一件单薄的T恤就躺到了床上。酒店的床通常都太软,虽然睡久了对腰不好,但偶尔睡一睡还挺舒服。

他光是闭上眼,困意就如同潮水般涌上来,半分钟后,他重新睁眼,看到裴然站在床边看手机。

严准侧身叫了一声:"裴老师。"

班群里在通知晚上聚餐的时间,地点是提前预约好的酒店地下餐厅,裴然跟着其他人回了一句"收到":"嗯?"

严准问:"几点去吃饭?"

"六点。"裴然说,"我早点回来,给你带吃的,想吃什么?"

"不用,我叫客房服务,你好好玩。"

"好。"

几秒后,严准说:"也别玩太晚。"

"好。"

严准声音很低,像呢喃,一本正经:"记得有个朋友还在等你。"

219

"好。"裴然无声地笑了一下,"知道了。"

严准侧身低头睡着了。

到了晚饭时间,裴然担心吵醒严准,只开了一盏厕所灯,在微暗灯光下匆匆收拾后出了门。

裴然是踩着点去的,大半同学都到了,他环视了一圈空着的位子,正想着随便坐,就见云老师放下杯子,朝他招了招手。

"裴然,过来坐我旁边。"

云老师五十多岁,两鬓已经有了一些白发,头顶俨然有了"地中海"的架势,不过看起来依旧精神。

他左边的位子空着,右边坐的是罗青山。

见他不动,云老师又催了一声。他犹豫了一会儿,还是坐了过去。

云老师叫他坐过来,也没有特别说什么,只是问他这两年过得好不好,大学生活怎么样。

裴然一一回答,然后问:"老师,您身体怎么样了?"

"还行吧,小病不严重。"云老师云淡风轻地说,"就是你师母不放心,非要我辞职休养,随她了。"

旁边有人问:"那老师,您还能喝酒?师母不说你啊?"

"她在房间呢,不在这儿。"云老师说,"就喝两杯,都别跟她说啊。"

罗青山说:"那不行,您高中天天让我罚站,今天我有仇报仇、有冤报冤。"

云老师转头就敲他脑袋:"臭小子!"

大家一阵哄笑,桌上的气氛一下就活跃起来了。

裴然低头默默吃饭,徘徊在热闹之外,只有在众人举杯时,他才跟着碰一碰。

到了末尾,大半的男同学喝红了脸,坐到另一边划拳玩,罗青山就是喊骰声音最大的那个。桌上霎时间空了很多位子。

裴然放下筷子，低头想看手机有没有收到新消息。

云老师刚和另一位同学唠完嗑，旁边的人都走开后，云老师忽然转过头问："严准怎么没和你来？"

"他在房间补觉。"裴然脱口，"您认识他？"

这话问完，裴然又觉得多余。严准上高中时也在满中，老师偶尔代课、监考，会认识他也不奇怪。

没想到云老师点点头，道："知道这号人，他来班里给你塞东西的时候，我正好看见。"

裴然一愣，下意识重复："塞东西？给我？"

云老师"嗯"了一声，察觉到他的诧异，笑着看他："怎么，你忘了？就那几本课本。"

裴然像被定住，姿势都没变过，良久没有回神。

云老师见他这副表情，有些回过味来了："什么情况？"

"没……"裴然找回声音，心脏跳得有些快，"老师您……什么时候看见的？"

"我哪还记得。"云老师摸了摸杯沿，"似乎是哪天午休的时候。"

之所以记得是午休，是因为他当时也拿了两本新课本，想趁教室没人时放到裴然的课桌上。

却有热心同学先他一步，不仅给了课本，好像还拿着一包白色包装的糖。

罗青山捧着酒杯过来，打断了两人的对话。

"云老师，我敬你一杯，高中时让你操了不少心……"

云老师回头见到他，冷笑一声，拿起杯子："你是该敬我，我这头白发里有不少都是你的功劳。"

罗青山扯扯嘴角，看向裴然："裴然，一起碰一杯？"

裴然举起杯子，机械地和云老师碰杯。

他压根儿没注意来的人是谁，要他碰杯的又是谁。旁边的人聊得热闹，他垂头坐着，脑子里的碎片零零散散拼凑到了一起。

后面来给云老师敬酒的人越来越多，不管谁敬，桌上的人都跟着喝。裴然连着喝了好几杯，肩上忽然搭了只手。

"别喝了，小然。"罗青山说，"一会儿醉了，你难受。"

裴然侧身躲开他的手，刚要说话，手机响了一声。

严准：醒了。

酒足饭饱，已经有人商量着回房间。罗青山抿唇，忽然大声提议："这家酒店有KTV，不然我们开个包厢，再玩一会儿？"

马上有人出声应和。

裴然起身穿上外套："云老师，我就不去了，你们玩得开心。"

"你们年轻人的活动，我也不去了。"云老师抬头看他，"一起回去？"

裴然点头说"好"。因为大衣宽松，他整理了一下袖子；喝了酒的缘故，他脸颊有些红，但眼底是清醒的。

罗青山："你们都喝了不少，我送你们吧。"

"不用。"没等裴然开口，云老师就先拒绝了，"没醉，你玩你的去。"

裴然和云老师一同离开包厢，沉默地上了电梯。

快到自己楼层时，云老师突然道："其实班里这么多人，我最担心你。"

裴然一愣，转过头看他。

云老师依旧望着前方，电梯门滑开，他摸摸自己的头发，说话缓缓地："这下好了，我放心退休了。"

裴然忽然想起高中时，云老师也是这样看着前方拍拍他的肩，说处分下来了，以后那些人不敢了，好好学习，不要分心。

说得简简单单，没有批评，没有责骂。

直到云老师走出电梯，裴然才张开口，最后还是什么也没说，只是在老师身后郑重无声地朝他鞠了个躬。

裴然刷卡开门时，浴室的门也正好被拉开。

严准湿着头发走出来："喝酒了？"

裴然默默抿唇："就一点点。"说完他就去洗澡了。

严准刚睡了个饱觉，心情很好。他躺在床上讲电话，是教练打来的。他望着椅背上挂着的衣服，有一搭没一搭地应电话里的人。

教练聊完正事就挂了电话。

严准随手把手机丢到一边，从包里翻出iPad，坐到床头点开收藏夹，随便挑了一场自由人视角的比赛看了起来。

看到第二场比赛，裴然才从浴室出来。他把换洗的衣服塞进行李包，坐在了严准旁边。

严准看比赛时一向认真，但此次他格外没耐心，进度条拖了又拖，终于忍不住转过头去，对上裴然的视线。

严准觉得有点好笑："看什么？"

裴然似乎有点走神，良久才应了一声："你……"

感觉到他情绪不对，严准关小平板电脑的音量："怎么了？"

裴然抿唇又松开，几次后，问："高中时怎么不来认识我？"

严准被问得猝不及防，嘴角不自觉地绷紧。

裴然说："我一直以为那些课本和校服是其他同学给我的。"

严准稍顿，眸光轻轻动了一下。

为什么不说，是因为他那时还不够确定。

他没有经验，不知道怎么样才能和一个人交心做朋友。

"不过我很开心。"裴然轻声说。

严准说："什么？"

裴然视线撇开又收回来,眼神坦荡:"知道送那些东西的人是你,我很开心。"

39

翌日清早,严准比平时晚起了一些,不过他习惯好,起再晚也没超过十点。

接近十二点,班群的提示音响个不停。严准从厕所出来时正好看到裴然在换衣服。

"不是说再睡一会儿?"

"嗯,"裴然说,"但还是得下去跟老师道个别。"

严准顿了一下:"那我陪你下去。"

十二点正是酒店的退房高峰,尤其这几天放假,退房排的队伍不短。

罗青山坐在大堂沙发上狂打哈欠,旁边坐着的班长终于忍不住了,问:"你昨晚干吗去了?"

"没怎么,认床没睡好。"罗青山给自己灌了一口水,四处张望了一下,"裴然呢,怎么还不见他下来?他不是一直都挺准时的吗?"

班长"哦"了一声:"他好像还要住一天,说是不退房了,估计还在睡吧。"

话音刚落,旁边的电梯门缓缓打开,裴然和严准并肩走出。

罗青山呆滞地看着他们朝自己旁边的沙发走去,同云老师道别。

他就这么铁青着脸看着二人跟老师道别,和同学道别。

经过他时,罗青山忍不住脱口叫了一声:"裴然。"

裴然停下脚步,转头看他。

罗青山问:"你昨晚……为什么不去唱歌?"

"有点私事。"裴然说完，偏过头对班长道，"那我们先上去了，你们一路顺风，再见。"

裴然本来就没睡好，回到房间拉上窗帘，没多久就睡熟了。

严准坐在床头戴着耳机看比赛，看到第三场比赛，严准的手机骤然响起，他以最快速度调成静音，可裴然已经睁眼了。

"再睡会儿。"严准说完，打算起身出去接。

裴然垂着眼，声音微哑："没事，我睡够了，你接吧。"

严准开了免提。

是教练打来的，他开门见山地说了这通电话的目的。

"阿维打不了了，打完这次比赛就退役，上面催得紧，一直让我去挑青训生……你抓紧做决定。"教练说，"我看了这批青训生，还是不行，而且队里现在缺指挥，现在那三个……我都不放心。"

严准说："知道了，下周给你答复。"

教练提起一口气："行，希望是好消息。你怎么还没回来？不是就住一晚？"

严准说："多续了一天房。"

裴然在困意中听完这通电话。

电话挂了一阵，他才后知后觉地仰起头："你要去打比赛吗？"

严准不答反问："让我去吗？"

裴然愣了愣："这是你的自由。"

他慢吞吞地坐起来，拿出手机翻了半天。

严准的手机响了一声，裴然说："我用微信推了个人给你。"

严准愣了愣："谁？"

"一位理疗师。"裴然说，"他技术好，按摩也很舒服。"

裴然小时候学过钢琴，现在画画，画久了手也会累，这是他母亲介绍给他的。

225

严准应了句"好"。

外面下着小雨,两人也没有要去享受温泉的打算,还是窝在房间里。

裴然起了床去洗脸,浴室门关上后,严准重新拿出手机,把教练上周发给他的电子合同转发给了他爸。

40

严准这份合同发过去几天都没得到回应,他也没再说什么,直到两周后,他接到了母亲的电话,问他微信里拉黑了的人怎么重新加回来。

电话来时是周末,严准还在基地睡觉,接了电话后的第一反应就是看自己身边,空荡荡的,没人。

严准拉黑的人就没再被放出来过,他重新闭眼:"不知道,我帮你查查。"

"好。"严母道,"你爸把你拉黑了,研究了半天都没找到加回来的按钮。"

那边隐隐约约传来严父的声音:"我让你上网帮我查,你给他打电话做什么!"

严准:"……"

这么久没回复,原来是把他拉黑了。

严准先是觉得无语,几秒后又忍不住短促地笑了一声。

严母也笑,笑完了才问:"你认真考虑过了吗?"

严准说:"嗯。"

"学校那边怎么办?"

"我应付得来。"

严父不知道又在远处说了什么,严准没听清。几秒后,严母温和地道:"这毕竟不是小事,你抽个时间回家,我们再仔细谈谈吧。"

严准简单洗漱完,下楼就看见裴然坐在他的位子上打游戏,像是在跟林许焕玩双排。

他那天跟教练说了一下自己的意向,两人又深入地谈了一下,目前还差一纸合同。

虽然没有白纸黑字定下的事就都不算数,但谈完的当天,训练房就多了一台新电脑。严准还没有正式加入训练,只是偶尔会跟队里人打打四排。

他推开训练室的门,林许焕正好被人打倒在地,嚷着对面是开挂的"神仙",让裴然快朝敌人开枪。

裴然哪有诛仙的本事,他这个角度甚至连敌人都看不见。余光瞥见严准进来,他忙道:"你躲好,我让严准来打……"

裴然刚想起身让位子,后背就被轻轻压住了。

严准像之前教他压枪那样俯身握住他的鼠标。

严准问:"位置。"

林许焕也愣了一下,很快又回过神:"75方向的树后,我把他打残了,他应该在打药。"

严准从容开枪,干脆利落地带走"老神仙",刚要放开鼠标,忽然发现了什么。

他操控的游戏人物,虽然穿着还是裴然原先用的那套时装,头顶却换了一个ID。

"111Believer。"严准念了一遍。

裴然应:"在。"

严准低头笑了一声,声音带着刚睡醒的哑,明知故问:"英文是什么意思?"

227

裴然安静了几秒,然后说:"要做你粉丝的意思。"

严准说:"那你是我第一位粉丝,给你点私人福利。"

"哥,"旁边的林许焕忍无可忍,"先扶我一下行吗,我求你们了。"

裴然今天醒得晚,下楼倒水喝的时候被林许焕逮个正着,二话不说就抓着他凑数打双排。

严准随便拉了一张椅子坐到裴然旁边,边看他玩边醒神,直到手机短促地响了一声。

咪咪:你好同学,咪咪最近生宝宝了,花色都特别好看,猫爸爸是一只小胖橘。你应该已经毕业了吧?如果有兴趣的话,可以抱一只回去养喔。

严准点开图片看了一眼,好几只闭着眼的小猫。

咪咪是他以前养过几个月的流浪猫。说"养"也不准确,他爸猫毛过敏,当时的基地又太小,他没把猫带回家过,只是每天放学时都会给它带一些吃的。后来猫生了病,他带去医院治好后帮它找到了领养家庭。

严准忽然想起自己第一次见到裴然,也是因为咪咪这只小土猫。

那天他一如往常去喂猫,刚拐弯就看见裴然蹲在地上,正在给它喂火腿肠。

火腿肠被放在地上,裴然低头蹲着,跟猫之间隔了一个人的距离,一只手伸在半空,要摸不摸,看起来有些滑稽好笑。

见猫有人喂了,严准转身想走,就看到裴然从包里拿出一包湿巾。

摸一下猫,擦一次手,再摸一下,又擦一次……

收回思绪,严准垂着脑袋,慢悠悠打字。

准了:不了,朋友有洁癖,养不了。

每次临近期末,时间就过得飞快。放寒假那天,满城正好落下今年的第一场雪,世界一夜变得雪白。

但基地里没人有心思赏雪,几人要么在低头训练,要么就捧着手机刷微博。

今天,TZG正式宣布战队加入的新自由人、队内新指挥——"TZG-GOD",并表示他会在后天的开幕赛正式上场。

身为国内第一战队,指挥位突然换人无疑是一件大事,更别说换的是一个名不见经传的新选手。圈内登时炸了锅,官宣微博下面全是问号。

场面太刺激,林许焕等人都分了心,只有严准这个当事人还开着训练场练枪,直到电话响起。

"你竟然已经和那俱乐部签合同了?你到底有没有把我和你妈放在眼里!"刚收到儿子寄来的比赛门票的严父气个半死,"你还敢给我寄票!"

严准说:"我妈同意了。"

严父说:"我没同意!"

严准说:"差不多行了,合同你都让人看几遍了。"

严父说:"签这些当然要严谨!有一点错漏都会导致很严重的后果……"

"明天的比赛你来不来?"严准打断他,"场地座位太多,不好找。来的话,我让人去接你们。"

那头沉默了半分钟之久。

"再说吧!"话音刚落,电话就挂了。

严准把手机丢到一边,拿着水杯起身,被一旁的林许焕抓住衣服。

"哥,微博里那些人都是瞎说的,你千万别生气。"林许焕说。

严准以前打电竞的时候,《绝地求生》这一板块还没崛起,他只打过几场网吧的小比赛,连比赛录像都没有,自然也没多少人认得他。后来"111GOD"出现在亚服排名时,还被人猜测是挂。

导致现在 TZG 官博和严准刚创的微博号下，不只黑粉嚷着"要完"，连战队粉丝都怨声载道，表示不如让二队或青训生上。

严准反问："我有什么好生气的？"

林许焕说："真不生气啊？"有些评论，连他看了都忍不住想骂人。

严准"嗯"了一声，把自己的衣服从他手里抽出来："打到他们服就行了。"

严准去茶水间倒了一杯水，没急着回去训练，而是拿出手机往阳台走。

裴然上周就考完试了，这会儿在外地跟父母参加画展。

手机消息停留在昨晚，裴然给他发了机票截图，然后是挂断视频的提示。

准了：小粉丝。

裴然：我在。

严准也不知道自己要说什么，他本来就不擅长闲聊。只是手上一空下来，他就想找裴然。

片刻，他才干巴巴地敲出一句：我这儿下雪了。

消息还没来得及发出去，手机就嗡嗡振了两声。

裴然发来一张照片。

裴然：今天下雪了。

严准反复点开那张雪景图，垂眼看了一会儿，长按存到相册。

准了：嗯，我这儿也是。

第二天比赛日。

严准一早睡醒，就看到手机里多了一条消息，是两个小时之前发来的。

裴然：我订的航班被取消了。

严准很快回过去，直到他洗漱完、换好衣服都没得到回复，打电话过去还是忙音。

这直接导致他上车前往赛场时，整张脸都是黑的。

TZG俱乐部的车子到达现场，车下有不少战队粉在等着，一是想给战队打气，二是都想看看那位新指挥。

车子停稳，三位老队员下了车，好心情地跟粉丝招手，粉丝都还没来得及回应，就看到车上又下来一个男生。

他穿着TZG的黑红队服，戴着压得很低的棒球帽，身材比其他几位队员都要高挑，站在几人中间就像是哪位名人误入了宅男聚会——

这位新任自由人脚步很快，从下车到入场甚至只用了几秒钟，其间一直低头看着手机，表情比他们这些不满战队安排，准备抗议的粉丝还要臭。

粉丝："……"

到了比赛后台，严准又查了一遍，裴然的航班确实取消了。

"行了，先把手机放好。"教练说，"第一局的战术有些变动，我跟你们仔细说说。"

每场比赛几乎都会做一些赛前调整，教练说得入迷，顺带还给大家伙儿打了个气，直到工作人员进来提醒他们入场才停嘴。

严准拉上队服拉链，出门前把手机交给教练："裴然如果来电话，你先帮我接。"

"知道了。"教练道，"你爸妈都来了，在第三排。"

"嗯。"

严准穿过过道，刚要走上赛场，忽然像是感应到什么，转过头朝安全出口的方向看去。

紧跟着，他脚步一顿。

站在他前面的林许焕只听到一句："两分钟回来。"

裴然穿着白色羽绒服，还在轻微喘着气。他被保安拦在安全出口外，拿着手机正要打电话，就被人握住了手腕。

严准跟保安打了个招呼，把裴然领走了。

时间有限，严准就近把人带进了一间空的杂货间。

"消息怎么不回？"

见自己赶上了，裴然很轻地松了口气："我之前在高铁上，没信号，中途手机就没电了，还是找出租车司机借的充电线。"

严准问："高铁还有票？"

现在是寒假，又接近春运，票不好订。

"有，"裴然说，"站票。"

严准喉咙滚了一下。这间杂货间离赛场最近，门外响着观众的呼声，还能听到解说的声音。

比赛还有十分钟开始，解说开始介绍今日的参赛战队。

裴然听见他们聊到了严准。

"TZG 的新选手 GOD？有所耳闻，据说这位几年前就在 TZG 打过青训，只是退得早，所以知道的人比较少。"

"我打游戏时排到过他，很强，非常强。"

"TZG 的选手还没入场吗？哎，不对呀，HUAN 选手不是最喜欢提前入场跟镜头互动的嘛……"

裴然安静地听了一会儿。

他发现，他很喜欢听其他人夸严准。

"他们在聊你。"裴然说，"你该入场了。"

严准"嗯"了一声："我还没准备好，裴老师，给我加个 Buff。"

裴然很快地眨了几下眼，说："好。"

一束金黄色的舞台灯光不小心投进杂货间的窗户，解说员还在聊着"111GOD"的江湖事迹，其他战队一一入场。

裴然往前一步,从口袋里拿出一颗大白兔奶糖,拉起严准的手腕翻过来,放进他手心。

裴然抬头,在这些热闹声响中对上严准带着温柔笑意的眼睛。

(正文完)

番外一

他没记得我
The long wait

夏日炎炎，蝉鸣声聒噪，风扇在头顶嗡嗡作响，落下来的风都带着一股热。

尖锐的下课铃声打破闷热的气氛，老师离开的一刹那，教室里才终于有了点儿活力。

严准合上课本，从抽屉里拿出手机回林许焕消息。刚打两个字，他前桌就转过身来，继续跟他讨论上个课间的话题。

"这次比赛你不来，等我们升了高三就没班赛打了，你可考虑清楚。"前桌说。

严准低头看消息，天气太热，他语气都是懒的："我打不了。"

"别啊。"前桌说，"我们班打球厉害的本来就少。这样吧，要是后天的球赛赢了，我包你半个月的早餐！"

早餐花的钱不多，但夏天的学校食堂实在太折腾人。

严准把手机丢回抽屉，抬起右手搭在桌上，淡淡解释道："手伤，真打不了。"

他前两天手腕被砸了一下，不严重，但动时还是会感到酸疼。

"行吧。"前桌无奈道，"那我们再找一个。"

严准低低地"嗯"了一声，把课本全丢进抽屉，趴下睡觉。

这种天气注定只能闭眼养神，两位前桌讨论声不断，内容一字不漏地传递过来。

"我们第一场和几班打？"

"（三）班。"

"（三）班篮球很厉害的，他们班有个叫什么……罗什么的。"

"罗青山，那个平头。"

"是他。我听说他高一的时候还跟我们隔壁班男生打过架，他不会打脏球吧？"

"不会，我跟他打过球，打得很凶，我反正不敢防他。"

咚咚。

沉闷的敲击声打断这段对话。

两人都是一怔，然后齐齐回头看。

严准稍稍抬头，手臂挡着，只露出一双眼，不知是不是疲倦的缘故，眼皮半垂着，心情似乎比刚刚差得多。

前桌还以为是自己声音太大，吵醒他了，下意识想道歉。

严准问："比赛是什么时候？"

前桌一愣："啊？"

"不是打班赛吗？"

"对……"前桌终于反应过来，"后天下午四点，学校篮球场……你要来？你手不是伤了吗？"

"到那天就差不多好了。"说完，严准看向另一个人，声音给这闷热的教室增添了一分凉意，"我要睡觉，声音可以小一点？"

严准重新趴回去后，前面坐着的两人面面相觑了一会儿，都闭上了嘴。

学校正儿八经组织的年级赛，排场要比平时打打闹闹的小比赛大得多。

38摄氏度的气温，男生穿着球服在热身，旁边站满了两个班来加油打气的同学。

裁判是体育老师，一声哨响后，全部球员入场。

所有同学的目光几乎都集中在一处。

罗青山穿着宽松球衣，看着站在自己面前的人："兄弟，你是严准吧？我这好像还是第一次和你打球？"

严准"嗯"了一声，低头活动了一下手腕。

罗青山说："我打球下手不太分轻重，要是撞疼你了，别在意啊，实在顶不住就换你们的替补上来。"

严准终于看了他一眼，说："你也是。"

罗青山之前听说过严准，也见过，但真正面对面站在一起，他才发现严准的个子竟然比他还要高一点点。

但无所谓，像这种游戏宅男，可能偶尔有一两个看上去还可以，可实际运动方面都差到不行。

——他这个想法在比赛开始五分钟后就逐渐崩裂。

当严准再一次突破他得分时，罗青山队里的其他人临时喊了暂停。

两个队伍的休息区离得很近，严准随意擦了擦汗，就听见隔壁传来了调侃声。

"怎么了你？被严准过好几次了，没动力打啊？"

罗青山喘着粗气，接过女生递来的水，灌了一大口，顺着台阶下："是啊。"

暂停结束后，球员各自回到应在的位置。

罗青山刚站好位置，肩膀就被人拍了拍："裴然来了，好好打，投不了就传球给我。"

严准抬手抹掉下巴上的汗，不动声色地往对面观众中看去。

烈日高悬，观众的热情再高也架不住燥热的天气。

女生们手里不是小风扇就是小扇子，一头黑发吹得凌乱；男生个个都不"风雅"，要么裤腿卷到膝盖，要么露着肚皮。

裴然抱着书包站在人群中，衣服齐整，干净清爽，安安静静地看着罗青山。

他表情比周围的人镇定得多,看起来有点冷淡,又有点乖。

哨声响了。罗青山迅速跑动起来,笑嘻嘻地说:"兄弟,给点面子,一会儿请你喝饮料。"

比赛开始得太快,他一开始不太确定这句话严准有没有听见。

直到严准面色不改地发力,撑他脸上,一口气拿下十分,他才憋着气想,这兄弟指定有点耳背。

"严准,可以了,我们超他们都快二十分了。"前桌经过的时候听见严准的喘气声,忍不住说,"你不是手疼吗?还打这么拼?不然你休息一会儿,我们上个替补吧,反正就最后几分钟了。"

严准说:"我能打。"

这个比分是所有人都没想到的,打到后面,罗青山所在班基本都放弃了。

比赛结束的哨声响起,严准停下奔跑,随意撩起衣角擦了一下眼睫上的汗。

女生们讨论的声音不大,严准听不见,站在人群中的裴然却听得很清楚。

"(八)班那个男生好帅啊,打球也好厉害。"

"你才知道?高一的时候就有很多学姐去班门口看他,我们班还有女生给他写过情书呢……"

"啊!谁给他写过?他叫什么名字呀?"

"好像叫,严……"

"喂——(三)班的快让开!"远处一道大喝,打断了两人的对话。

几个女生闻声抬头,就见篮球直直冲她们砸过来——隔壁班某位同学赢了比赛太兴奋,一时兴起投了个超远三分球。

谁知这球丢得太偏,不仅连篮板都没挨到,还丢到了观众脸上。

篮球朝的是裴然的方向,他后面站着围观的同学,前面是等着给球员送水的女生,躲是来不及躲了。

裴然抬手想挡,只听见闷重的一声"砰",球被及时赶到的男生拦截下来。

篮球重重砸在手腕上,再滚落到地面。严准皱了一下眉,忍着手腕的不适弯腰捡起球,丢回球场。

挡在裴然前面的人已经躲开了,那位被女生讨论了很久的(八)班男生背对他站在身前,他甚至能听见对方低沉急促的喘气声。

裴然慢吞吞放下手,刚想说"谢谢",就被赶到的罗青山挡住了视线。

罗青山插进两人中间,累得直喘气,抽过裴然手中的水拧开盖子便喝,喝完后回头说:"不会丢三分就别丢!你差点儿砸到人!"

那位同学吓得连声道歉。

罗青山说:"砸到他,我跟你没完!"

裴然叫了一声他的名字:"别这样,失误而已,也没砸到。"

罗青山又说了两句才作罢,拽着裴然去了旁边的长椅休息。

罗青山和同学聊了几句,回头看见裴然打开了书包,拿出一瓶没开过的水。

裴然刚走出两步就被罗青山拽住了衣服。

"去哪儿啊?"

裴然垂下眼帘,解释:"(八)班的同学帮我挡了球,我送瓶水谢谢他。"

罗青山瞪圆眼道:"他才赢了我们,你还要给他送水?不准送。"

"……"

见他沉默,罗青山直接把他手里的水抽出来,拧开盖子粗鲁地喝了一口,然后笑道:"现在我喝过了,送不了了……走吧,我们去吃隔壁那家日料？"

离开球场之前，裴然回头望了一眼。

那个男生没有加入（八）班的狂欢，仍站在篮板下，沉默地低头擦汗，似乎没有分毫赢球的喜悦。夕阳温柔地铺满地面，把他的影子拉扯得很长很长。

后来上了大学，罗青山发现严准是自己舍友后，还忍不住回想那次篮球赛的事。

"那一场我腿不舒服，不然你们必输。不信，下次你跟我再打一场。"

严准说："哦。"

"对了，那次你还帮裴然挡了球……"说到这儿，罗青山咳了两声，"其实他前几天来过一次，当时你戴着耳机在打游戏呢，见你在，他没好意思进来。"

"是吗？"严准道，"下次可以进来，我不介意。"

得到舍友的批准，罗青山下午就把裴然找来寝室了。

裴然来时，严准正在阳台抽烟。

他倚在墙边低头看比赛，只戴了一边的耳机，听见脚步声，下意识看了一眼，跟裴然打了个照面。

裴然先是一愣，然后疏离又客气地朝他点了点头。

严准迅速回过神，面无表情地颔首，算回应。

他听见裴然推开他们宿舍门，又轻轻关上的声音。

严准转身朝宿舍楼下看去。

他没记得我，严准想。

番外二

浪漫的雪夜
The long wait

近日,即将代表国内赛区出战《绝地求生》全球邀请赛的队伍终于官宣,TZG作为国内第一战队,成功拿到下个月国际赛的邀请名额。战队阵容一出,立即掀起了不小的水花。

《绝地求生》在电竞这一块因为比赛观赏性较低,热度一直比不上MOBA类游戏,这段时间讨论度却居高不下,原因无他——

TZG上个月刚拿了一场大赛事的冠军,比赛最后一局,TZG战队走马上任不足一个赛季的新队长TZG-GOD以11杀的超强战绩成功吃鸡,他第一视角的击杀视频流传网络,所有玩家看了都要竖起拇指感慨一句:"爽!"

玩家们在各处讨论得热闹,而TZG的各位队员则是在上周就抵达了全球赛举办地点德国,并且已经连续训练六天了。

TZG刚打完一场训练赛,成员们回到训练室休息。

训练室的两张大沙发上此时都睡了人,明明房间就在几步外,还是没人愿意起来动一动。电竞少年平时作息就乱,过来后配合赛方拍宣传MV和宣传照折腾了几天,训练的时候都有人忍不住打哈欠。

房内唯一清醒着的队员坐在自己的位子上,姿态闲散地玩手机。

严准在刷裴然的微博。

严准的微博号是教练注册的,短短几个月已经有近百万粉丝,比那些小明星涨粉还快,但他的关注里不到十个人,除去战队、队友和赞助商,就只剩一个有几万粉丝的小画手。

在严准还没回归赛场之前,裴然就发过他的画。严准一战成名后,裴然的微博来了不少围观群众,现在那张画下面已经有了七千多条评论,各种猜测都有。

裴然昨晚在电话里问了好几遍"怎么办""我该怎么回",语气困惑,听得严准忍不住直笑。

今天一刷,裴然的主页多了一条新微博。

非与衣:我在 GOD 没打比赛之前就很崇拜他,会画 TZG 队服是因为当时正好在接 TZG 某个队员的粉丝私稿。我不知道任何战队内幕,只是粉丝,大家别乱猜,谢谢。GOD 关注我可能是手滑,希望大家别在评论区 @ 他了……再次感谢,不接画稿了。

"我看到有粉丝给你弄了个微博粉丝站,粉丝有十多万呢,你要不关注一下?"怕打扰其他人休息,教练在他身边压低声音说,"可以啊,没几个选手有这样的待遇。"

"不。"严准滑着屏幕,头也没抬,"就是一打游戏的,要什么粉丝?"

"身在福中不知福。"维哥气笑了,晃晃自己的手机,"前段时间粉丝还在替我打抱不平,说没人能取代我的位置,劝我回去打;现在……都叫我好好养伤,还祝我退休快乐。"

教练点头:"社会就是这么残酷。"

严准没听他俩讲相声,反复看了几遍裴然微博的第一句话,原本要评论,最后直接点了"转发"。

TZG-GOD:谢谢非老师喜欢我,我也非常喜欢老师的画。

当晚,两人打视频电话的时候,严准擦干净脸,把毛巾挂好,问裴然:"什么时候过来?"

裴然的护照过期了,最近正在补办。

"下周二的票。"裴然心虚地关掉微博消息提示,"把那条微博删了吧。"

严准说:"我给喜欢的画手宣传都不行?"

裴然有点想笑,绷着嘴角严肃地叫他:"严准。"

"我不。"严准垂眼看着他,忍不住截了几张照片,"下周来了,你自己拿去删。"

裴然飞科隆那天,PUBG 全球邀请赛正式拉开帷幕。

裴然到酒店时,TZG 的队员已经出发,他把行李寄放在留守的工作人员那里便赶往赛场。

教练给他安排的观众席在前排,但还是看不清选手的脸,得靠大屏幕。他刚落座,选手们陆续上场。

裴然旁边坐的是几个女生,镜头给到严准时她们的尖叫声都把裴然吓了一跳。

待镜头切开后周遭才终于安静了一些,裴然拿出手机给教练发了一条消息,告知自己到达,好让对方放心。

"啊啊啊!我拿到 GOD 的微信号了!!"

裴然指尖一顿,忍不住稍稍偏过头打量旁边的女生。

给到观众席的灯光不够足,他看不清她的脸,只知道对方举止投足间都散发着属于女生的清香。

"真的?你怎么拿到的?"

"嘘……我找 TZG 的工作人员买的。"

"牛!你加了吗?"

"等这场比赛结束再加。"女生忍不住笑,"我还特地问过了,GOD 没有女朋友。"

"我看好你,姐妹,赶紧把最漂亮的照片设为头像。"

裴然默默把手机揣进兜里。

女生们兴奋地聊了好久才停下来,比赛即将开始时,裴然身边的人终于看了他一眼。

"啊，同胞！"女生眉眼弯弯，"你也是留学生？"

裴然摇头："只是来看比赛。"

"哇哦，真爱粉啊，特地出国看《绝地求生》的比赛？"女生说，"你是哪个战队的粉丝？TZG还是WWP？或者是哪个成员的粉丝？"

裴然安静了一会儿。

女生明白了："你喜欢国外的战队？我朋友也是……"

"不是。"舞台灯光亮起，裴然下意识看向前方。

感觉到裴然不是很想聊天，女生抿唇点头，刚要收回视线。

"我喜欢TZG的GOD。"裴然转过头，朝她笑了一下，"我是他的粉丝。"

这一场开幕赛，TZG打得非常漂亮，虽然只吃到了鸡屁股（第二名），但全队加起来有十四个人头，让TZG在第一天就拉开了击杀榜上和其他队伍的差距。

TZG队员们在沸腾声中下台。

林许焕伸了个懒腰："啧，进决赛圈的时候我都想好吃鸡采访要怎么说了。"

"少说这种话，"教练说，"还嫌被网友骂得不够？"

"没事，他们都习惯我这些话了。"

教练无语地翻了个白眼，回头刚想说什么，就见身后的严准已经穿上羽绒服，并拉紧拉链，把队服挡得严严实实。

教练叫住他："还不着急走，他们还没商量好晚饭去哪儿吃。"

"我不去了，你们吃。"严准把帽子压低，戴好口罩，背上自己的外设包。

三月的科隆气温直逼零下，裴然站在场馆大厅一角低头捣鼓手机。

背包忽然被人轻轻扯了一下，裴然回头，看到了熟悉的黑色帽檐。

严准遮得很严实，声音穿过口罩，低低沉沉："等很久了？"

"没有，我刚出来。"裴然刚说完，手机就响了。

他原本打算自己先回酒店，所以提前叫了车，现在车子到了。

裴然说："我没来得及取消。"

"正好。"严准把他挂在左耳上的口罩戴好，"回酒店。"

回去的车上，严准的手机响个不停，他动也不动，任它响。

他昨晚训练到深夜，没睡几个小时就起来打比赛，从睡醒到刚才，精神一直紧绷着，直到跟着裴然上了车，肩膀才终于得到放松。

裴然还没开口问，严准就往前挪了挪，坐得矮一些，脑袋靠到了裴然肩上。

"我昨晚没睡好。"他声音低低的。

裴然下意识想挑一个能让严准靠得舒服的姿势："那你睡一会儿，到了我叫你。"

到了酒店，严准倒头就睡。裴然找工作人员拿了行李，简单收拾后去冲了个澡，从满城到科隆没有直飞航班，他飞机落地后坐了两小时的火车，不洗就觉得浑身不舒服。

出来时严准还在睡，裴然决定等他睡醒再叫酒店服务。他刚按下"请勿打扰"的按钮，就听见床上传来闷闷一句："还没收拾好？"

"好了。"裴然一愣，"我以为你睡着了，要吃晚饭吗？"

"不想吃。"严准睁眼，"过来。"

严准慢吞吞坐起身，拿起手机递给裴然。

裴然茫然地看他。

"不是要删微博？"

裴然这才想起微博的事，严准的手机开着微信界面，教练的消息已经多达十条。

"你先回消息吧，"裴然看了一眼屏幕下方，很快又挪开，"好像还有好友申请。"

严准躺回去，在裴然眼皮底下回复消息，再点开好友申请。

咩请求添加你为好友，附加消息：QAQ！

咩请求添加你为好友，附加消息：GOD神，通过一下，求求了。

严准的私人微信号从不随便给别人，他盯着验证消息看了几秒，才反应过来是粉丝。

严准皱眉，刚要点"拒绝"，就发现自己旁边的人正直勾勾地看着他的手机。

"我没给过粉丝微信。"

裴然一愣，然后说："我知道。"

他把今天在比赛现场发生的事简单说了一下。

说完，裴然犹豫片刻，又说："其实……你想加粉丝也可以。"

林许焕他们或多或少都加了几个粉丝，都是会在直播时疯狂砸火箭的那种。

严准打断他的思绪："你怎么回答的？"

裴然愣了愣："什么？"

"她问你喜欢哪个选手，你怎么答？"

裴然说："我说喜欢GOD。"

"……"

严准本来是想逗逗他，却忘了裴然一直诚实，问什么答什么。

严准拒绝掉好友请求，说："不加了，粉丝加一个就够了，多了应付不过来。"

裴然脱口问："加了一个？"

严准"嗯"了一声："一个画手，画画挺厉害，还在微博表达对我的崇拜。"

裴然："……"

"可他不让我转他的微博，你说，他是不是快脱粉了？"

裴然无语半晌:"他没有。"

躺了半小时,严准叫了客房服务,酒店很快把晚餐送上来。

怕裴然觉得脏,严准冲洗了一下酒店配套的碗筷。出来时裴然正在打电话,他戴着手套在剥虾,手机开着扬声器。

"有空可以去教堂广场逛一逛,那里有很多马路画家。"电话那头女声舒缓。

听出裴然正在和家里人打电话,严准默默坐到一边,没有出声打扰。

母子俩聊了一会儿,终于有了挂电话的趋势。

"严准也在?"裴母忽然问。

严准一愣,转头看他,表情难得有一些呆。

裴然"嗯"了一声。

"这段时间他应该很忙,记得让他好好休息。"裴母说。

裴然:"我会转达给他的。"

挂了电话,裴然一回头,见严准表情惊讶,他解释:"前段时间她发现我总是在看你的比赛,我就跟她说了我是你的粉丝,也说了现在你是我最好的朋友。你介意吗?"

严准当然不介意,只是知道这件事后,他睡意全消。

晚上,严准起身,随便披了一件外套,拿着手机走到阳台。

他翻出前阵子刚加回来的微信号。

准了:爸,您干吗呢?

没得到回应,他又给他妈发了一条消息。

妈:我们刚睡醒。你等等,他打字慢。

严以律己:干什么?

准了:想您,找您聊聊天。

准了:最近身体好吗?

严父推了推眼镜,眯着眼看手机屏幕里的字,只觉得这些阿谀奉承的话里都是陷阱。

严以律己:你不在,我好多了。

准了:嗯,我有个发现,想跟您仔细说说。

准了:我交到一个很珍重的朋友,他叫裴然。

发完这句,严准给他爸的微信设上消息免打扰,然后打开旅行App,订了比赛结束当天的酒店,一连订了一个星期。等出单后,他转身回屋。

夜幕笼罩城镇,几片雪花徐徐落下,刚沾上人间万物就化。

科隆陷入浪漫的雪夜。

番外三

冰镇酸梅汁
The long wait

七月盛夏,日光毒辣,只有操场上刚被修剪过的劲草昂首挺胸、生机勃勃。

满中操场上此刻站满了来拍毕业照的高三毕业生。

拍照顺序按班排,其他没轮到的班就先在架空层避暑。

没多久,学生们就坐倒一片。老师知道他们热,加上高考结束,都睁一只眼闭一只眼,连纪律都不管了。

"这气温是不是有点变态了?以前夏天有这么热吗?"

"咱们倒霉呗。偏偏在这个月最热的一天拍毕业照。"林康抬起胳膊擦自己脑门儿上的汗,"我今天出门前看了,最高气温39摄氏度!"

"那怎么不换一天拍啊?"

"就是!"

林康跟前面的男生聊完,转头直勾勾地看自己旁边的人。

严准背靠在墙壁上,双腿懒散地叉开,良久才出声:"看什么?"

林康:"太热了,你脸看起来挺冷的,我想试试看着能不能解暑。"

前面的男生:"……"

严准将手机屏幕往下放,挡住网页上 PUBG 国际比赛画面:"能吗?"

"好像不能。"林康说。

"转回去。"

"好的。"

旁边的几个男生直笑。

"傻了吧你,严准要是还有这用处,我们教室的风扇早拆了。"

"拆不拆都无所谓,那破玩意儿一点风都没有,我都忍它三年了。"其中一个男生站起来,拍拍校裤说,"走呗。"

林康问:"去哪儿?"

"还能去哪儿,洗脸啊。"男生指了指自己被汗浸透的刘海儿,"我可不想顶着这造型拍毕业照。"

"来得及吗?"

"怎么来不及,"对方朝远处抬了抬下巴,"喏,罗青山他们班刚排好队列,早着呢。"

所有人都下意识顺着他的话看过去。

严准右耳的耳机里还响着游戏解说声。他翻转手机的动作微顿,默不作声地抬起眼皮。

不远处,(三)班四十几个学生松松散散聚成一团。大家都被热蔫了,身上的校服乱七八糟,站姿歪歪扭扭。

于是队里某个男生就尤为显眼。

裴然站在队伍最后一排。他校服 T 恤的纽扣全都扣着,肩背平直,脖颈修长,哪怕脸边挂了点汗,也依旧让人觉得干净舒服,像立于湖岸的白鹤。

罗青山被热得不断拉扯着校服,扭头看到裴然脸上的汗,立刻挥起手掌给他扇风。

"哟——罗青山刚才打球去了是吧?他这一身的汗,扇出来的风肯定臭死了。"林康笑道,"行吧,洗脸去。严准,一起吗?"

严准垂眼收起视线,"不"字刚到嘴边。

"顺道去食堂买杯冰镇酸梅汁吧,那玩意儿最解暑了,一口下去保管冰冰凉。"

坐在地上的严准轻微地眨了一下眼。下一刻,他把手机塞进口袋,撑着地板利落起身。

"走吧。"

拍完毕业照已是汗流浃背。

罗青山热得受不了,下台阶时拽起校服擦了好几次汗,听见身边人商量去买水,当即表示:"我和裴然也一块儿去。"

"你们去吧,我不去了。老师让我过去一趟。"裴然声音温和,语调轻缓,听得人心里的火气仿佛都消了一点。

罗青山笑道:"好,那你聊完了就回架空层坐着等我,我给你买回来。"

"不用麻烦,我有带水。"

"干吗跟我这么客气。"罗青山无视他的拒绝,"这天气喝点凉的才舒服,等我啊。"

裴然犹豫两秒,才点头:"好,谢谢。"

高一高二年级今天还在上课。罗青山到食堂的时候正好是下课时间,小卖部里挤满了人,乌泱泱全是脑袋。

罗青山费了九牛二虎之力才挤进人群,探头看向冰柜:"阿姨,给我拿两杯酸梅汁,要冰箱最底下最冰的那两杯!"

"都下午第二节课了,哪还有酸梅汁?"阿姨把手里的酸梅汁放进塑料袋,边说边递给旁边的人,"喏,他买的就是最后一杯了。"

罗青山嘀咕了一句,下意识扭头看向身边的人。

男生脸部线条冷淡锋利,散乱的碎发搭在额前,并未看他一眼,接过阿姨手里的塑料袋就要走。

罗青山一眼便认出他,脱口道:"等等,严准。"

严准脚步微顿,侧过头来。

"你这杯酸梅汁能卖我吗?"罗青山说,"我付两倍钱,再给你买瓶冰饮料。可乐怎么样?"

"不。"

严准说完转身要走,又被拉住校服。

"别啊,严准,帮帮忙,三倍价格行不——"罗青山话没说完,对方收起手臂,他手里抓了个空。

"不卖。"人群拥挤,严准抵着他的肩往外走,嗓音冷淡地拒绝,"让开。"

跟老师交代了一下自己志愿方面的打算,裴然回架空层时,他们班队伍里的人已经少了一半,剩下的基本都低着头在玩手机或填同学录。

罗青山还没回来。裴然回到原先的位子,想喝口水,低头发现自己水壶旁放了一杯酸梅汁。酸梅汁被冰镇的时间太长,连外头包裹着的那层塑料袋都沾上了水珠。

裴然说了好一会儿话,喉咙干渴,忍不住很轻地吞咽了一下。

他问旁边几个同学:"这是谁放的?"

"不知道,刚刚在写同学录。"那人扭头问其他同学,"你们有人看见吗?"

其中一人抬起头,"哦"了一声:"罗青山放的啊,他不是给你买水去了吗?刚才看见他回来了一趟,不知道又去哪儿了。"

手机振了一下。裴然朝同学道谢,拿出来看了一眼。

罗青山:裴然,我去跟体育老师打个招呼,马上回来。水给你放位子上了。

裴然回了一句"谢谢",戳开酸梅汁喝了一口。

酸甜的液体从喉咙滚过去,嘴里冰凉一片。裴然眨了两下眼,舒服得肩膀都放松了几分。

"我们什么时候才能解散?真的热死了。"旁边的人嘀嘀咕咕道。

"快了,这不都拍到(八)班了吗……哎,你看那男同学,就是我上次说过打游戏特牛的那个。他打球也很猛,罗青山都打不赢他。"

裴然眼皮跳了一下,咬着酸梅汁的吸管抬头朝同学们说的方向看去,猝不及防撞进一双漆黑的眼睛。

(八)班的学生已经排好队,他们的着装都整理过,此刻全都侧身站好,昂首挺胸地盯着前方的照相机。

只有最后一排右侧的男生没有看镜头。

那人在看自己。

裴然认出了他,是上次在球场上帮自己挡了篮球的男生。

之前在球场,他其实没太看清对方的眉眼。这次他们的距离也不算近,只能看见一双眼和模糊的轮廓。

裴然眯起眼,刚想要看得更仔细一些——

"裴然,我来了!"罗青山一阵风似的跑过来,弯腰提起裴然的水壶,回头跟班里人宣布,"老师说我们班可以解散了!"

全班人欢呼地站起来,瞬间挡住了他的视线。

"走吧,裴然。我们去拍点照片,下次指不定什么时候才能回学校了。"

裴然回神,"嗯"了一声,朝他伸出手:"水壶我自己拿吧。"

"不用,我帮你拿。"

(三)班宣布解散的时候,正好撞上(八)班拍完毕业照进来。两个班的人混在一块儿,有点拥挤。

严准在人群里扫了一眼,看到了墙边的两人。

人群挪动得慢,严准垂着眼,沉默地听着他们的对话——

"对了，他们说下周要去水上乐园玩，咱一起去吧？"

"我下周不在国内。"

"哦对，你好像跟我说过，我给忘了，那下次吧——你手上的酸梅汁哪儿来的？"

裴然顿了两秒，疑惑道："不是你给我买的吗？"

"我没啊！我给你买的矿泉水，这儿呢。我去的时候酸梅汁已经卖完了……"

那头没了声。严准抬起眼皮，看到裴然满脸茫然地站在那儿，难得一见地发呆。

"那这……是谁的？"裴然慌乱道，"我已经喝了。"

换作平时，罗青山只会觉得喝了就喝了。但此刻，他看着这杯酸梅汁和外面那层塑料袋，总觉得怎么看怎么眼熟，怎么看怎么不舒服。

"扔了吧，鬼知道这杯东西干不干净。"他说，"以后找到是谁的再赔钱。"

裴然下意识朝周围张望了一下。

严准别开脸，从他们身边经过。他能感觉到裴然朝他这儿看了一眼。

下一刻，严准想起自己身上的汗，步子的方向挪了挪，侧开身和他们拉开了距离。

"那你今天在班群和校群里帮我问问吧。"

"成。我帮你拿去扔了？"

"不扔。干净的，包装没开过，味道也没问题。"裴然的声音变得模糊，"而且包得很好。杯身好像被擦过。"

解散后，严准跟着同学去教室跟老师们道别，走出办公室时已是黄昏。

校园被温暖的金黄色包裹，天边一片烧红的云。

严准站在教学楼走廊，似有所感地偏头朝楼下望去。

看台上，罗青山勾着裴然的肩，两只手朝前方比着"耶"，裴然好像没什么表情，又好像笑得很淡——严准看不清。

裴然手边还放着一杯没喝完的冰镇酸梅汁。

前面帮他们拍照的人按下快门。

严准手指很轻地蜷了一下，仿佛还能摸到酸梅汁杯身的那道清凉。半响，他收起视线朝前走。

校园广播播放起一首抒情歌曲，里面混杂着细小蝉鸣。

他的高中时光，在这个炎热的夏天宣告结束。

"严准。严准？"

一道声音把严准的思绪扯了回来。

严准转头："嗯。"

"你听没听我说话？"林康扶了扶自己的学士帽，笑道，"好神奇，高中毕业的时候我跟你在一块儿，大学毕业我们还在一块儿。"

"不过你真牛啊，训练时间这么变态，居然还能顺利毕业——虽然你后面转去了电竞专业，成绩都是低空飞过。"林康感慨。

严准说："最后一句可以不说。"

兜里的手机响了一声。

裴然：你在哪儿拍毕业照？

严准：图书馆。

裴然：我在，但我没看见你。

严准一愣，手上快速回复"在背面"，刚打算朝前门走去，一转身就撞上了在找他的人。

裴然的发色在阳光下会显得有些浅，学士帽上的流苏轻轻晃动。

见到他，裴然眼睛很温柔地弯起来："你很适合学士服。"

"你才是。怎么过来了？"

"想跟你拍张照片。"

严准脸上罕见地愣怔。

裴然解释:"因为这身衣服,以后也很难再穿了。你如果不想拍也没关——"

"想。"严准伸手握住他帽子上的流苏,捏稳,"想拍。能多拍几张吗?"

林康举着相机弯腰,闭着一只眼朝他们喊:"好了吗?我拍了啊。三、二……"

图书馆门前,两个身穿学士服的男生站在一起。

裴然脑袋往严准那边偏了一点。他比严准矮些,笑容轻淡,学士服把他衬得更加温和出挑。

严准站得笔直,像拍战队宣传照那样十年如一日地没表情。

"一。"

快门被按下的那一刻,严准嘴角忽然上扬。

冷淡干净的眉眼染上青涩,和身边的人一起被定格。

图书在版编目（CIP）数据

我等你很久了 / 酱子贝著 . — 广州 : 广东旅游出版社 , 2023.2（2024.5 重印）
ISBN 978-7-5570-2889-3

Ⅰ . ①我… Ⅱ . ①酱… Ⅲ . ①长篇小说－中国－当代 Ⅳ . ① I247.5

中国版本图书馆 CIP 数据核字 (2022) 第 198528 号

我等你很久了
WO DENG NI HEN JIU LE

出　版　人：刘志松
责任编辑：梅哲坤
责任技编：冼志良
责任校对：李瑞苑

广东旅游出版社出版发行
地址：广州市荔湾区沙面北街 71 号首、二层
邮编：510130
电话：020-87347732（总编室）　020-87348887（销售热线）
投稿邮箱：2026542779@qq.com
印刷：河北鹏润印刷有限公司
（地址：河北省沧州市肃宁县工业聚集区）
开本：880 毫米 ×1230 毫米　1/32
字数：204 千
印张：8.5
版次：2023 年 2 月第 1 版
印次：2024 年 5 月第 9 次印刷
定价：55.00 元

【 版权所有 侵权必究 】

如发现图书质量问题，可联系调换。质量投诉电话：010-82069336